소설을
쓰고 싶다면

■ 이 도서의 국립중앙도서관 출판예정도서목록(CIP)은
서지정보유통지원시스템 홈페이지(http://seoji.nl.go.kr)와
국가자료공동목록시스템(http://www.nl.go.kr/kolisnet)에서 이용하실 수 있습니다.
(CIP제어번호: CIP2018034362)

소설을 쓰고 싶다면

제임스 설터

서창렬 옮김

마음산책

옮긴이 서창렬

연세대학교 영어영문학과를 졸업했다. 옮긴 책으로 『아메리칸 급행열차』『보르헤스의 말』『축복받은 집』『저지대』『모스크바의 신사』『밤에 들린 목소리들』『그레이엄 그린』『에브리데이』『엄마가 날 죽였고, 아빠가 날 먹었네』『토미노커』『이곳이 아니라면 어디라도』『제3의 바이러스』『암스테르담』『촘스키』『벡터』『쇼잉 오프』『마틴과 존』『구원』등이 있다.

소설을 쓰고 싶다면

1판 1쇄 발행 2018년 11월 15일
1판 2쇄 발행 2021년 1월 10일

지은이 | 제임스 설터
옮긴이 | 서창렬
펴낸이 | 정은숙
펴낸곳 | 마음산책

편집 | 권한라 · 성혜현 · 김수경 · 이복규   디자인 | 최정윤 · 오세라
마케팅 | 권혁준 · 김종민 · 김은비   경영지원 | 박지혜

등록 | 2000년 7월 28일(제13-653호)
주소 | (우 04043) 서울시 마포구 잔다리로 3안길 20
전화 | 대표 362-1452 편집 362-1451   팩스 | 362-1455
홈페이지 | www.maumsan.com
블로그 | maumsanchaek.blog.me
트위터 | twitter.com/maumsanchaek
페이스북 | facebook.com/maumsan
인스타그램 | instagram.com/maumsanchaek
전자우편 | maum@maumsan.com

ISBN 978-89-6090-549-8 03840

* 책값은 뒤표지에 있습니다.

우리가 글로 쓴 것들은
우리와 함께 늙어가지 않습니다.

차 례

어떤 영속적인 순간들, 어떤 사람들,
어떤 날들을 제외하곤
기록되지 않은 모든 것은 사라집니다.

■ 일러두기

1. 이 책은 제임스 설터 사후 출간된 『The Art of Fiction』(University of Virginia Press, 2016)을 우리말로 옮긴 것이다. 네 번째 장 〈파리리뷰〉 인터뷰와 본문 사진은 원서에 없으며 한국어판에만 실었다.

2. 외국 인명·지명·독음 등은 외래어표기법을 따르되 관용적인 표기와 동떨어진 경우 절충하여 실용적 표기를 따랐다.

3. 옮긴이 주는 글줄 상단에 맞추어 작게 표기하였다.

4. 원문에서 이탤릭체로 강조한 부분은 고딕 글씨로 표시했다.

5. 신문·잡지·공연·노래 등의 제목은 〈 〉로, 단편과 기사, 강연 제목은 「 」로, 장편과 책 제목은 『 』로 묶었다.

소설을 쓰고 싶다면

사람들은 어떤 것을 보거나 어떤 소식을 들었을 때, 또는 오래전에 죽었다고 생각한 사람의 목소리를 들었을 때 기절할 수도 있다고 알려져 있습니다. 하지만 책을 읽고서 기절한 사람은 없습니다. 이것은 책은 힘이 없다는 말이 아닙니다. 책은 다른 종류의 힘을 가지고 있는 겁니다. 책을 읽는 동안 눈에 보이거나 귀에 들리는 건 아무것도 없지만 우리는 보고 듣고 있다고 믿습니다. 나는 마르그리트 뒤라스의 『연인』을 읽고 있었을 때 내가 프랑스령 인도차이나에 있다고 믿었지요. 나는 나무들이 줄지어 늘어선 대로를 보았고, 흰옷 입은 사람들과 중국인 거리를 보았습니다. 나는 그녀의 어머니와 오빠를 알고 있고, 엘렌 라고넬의 믿을 수 없는 알몸을 알고 있고, 애처로운 연인을 알고 있었습니다. 그리고 그 모든 것이 과거에 있었던 일이지만 동시에 이 글을 쓴 여자의 눈앞에서 일어나고

11

있는 일이라는 사실도 알고 있었어요. 그 소설은 1인칭 시점
으로 쓴 작품입니다. 그것은 고백적인 글이지만 지어낸 이야기
일 뿐이지요. 하지만 나는 그걸 믿었어요. 그것은 나의 세계사
의 일부가 되었지요.

프랑수아 모리아크도 이와 비슷한 얘기를 했습니다.

어느 날 폴 부르제라는 열다섯 살 소년이 수플레가에 있는 한
열람실로 들어오더니 『고리오 영감』 제1권을 요청했다. 그 소년이
책을 읽기 시작한 것은 1시였다. 폴이 그 작품을 다 읽고 나서 다
시 거리에 나선 것은 7시였다. "책 읽기가 주는 환각은 너무 강렬
했어요." 폴 부르제가 썼다. "나는 비틀거렸지요. 발자크에게 떠밀
려 들어간 강렬한 꿈이 내게 술이나 아편과도 비슷한 영향을 미
친 거예요. 나와 나의 초라한 현실을 둘러싼 실제 상황을 받아들
이느라 몇 분 동안 거기 그대로 앉아 있어야 했답니다."

아마 여러분도 알겠지만, 발자크는 초기에는 여러 개의 가
명으로 질 낮은 소설들을 썼습니다. 그러고 나서 자신의 이름
으로 20년 동안 대작을 써냈는데, 그 기간 많은 걸작들을 포
함하여 약 90편의 소설을 발표했습니다. 『고리오 영감』도 그런
걸작 가운데 하나인 거죠.

어떤 작가들은 단어와 단어를 잘 결합하는 능력이나 연속
적으로 매끄럽게 배합하는 능력을 가지고 있어서 그 글이 독
자의 마음속에 활짝 피어나게 합니다. 또는 사물이나 현상을
묘사하는 능력이 탁월해 글이 독자의 마음속에서 실재와 흡

사하거나 똑같은 것이 되게 하기도 합니다. 단수히 잘 관찰했기 때문만은 아닙니다. 말하는 방법에도 비결이 있는 겁니다.

고리오는 아름다운 두 딸을 둔, 한때는 성공한 부자였던 노인입니다. 그는 두 딸을 너무도 사랑해서 훌륭하고 번듯한 곳에 시집보낸 것을 포함하여 모든 것을 두 딸에게 줍니다. 리어왕과도 비슷한 상황이지요. 모든 것을 두 딸에게 주지만, 두 딸은 감사할 줄 모르며 지극히 이기적이라는 게 드러납니다. 심지어 딸들은 자신들의 호화로운 집에 노인이 오는 것도 허락하지 않아요. 노인은 '보케르 집'이라는 싸구려 하숙집의 가장 높은 층에서 가난하게 살고 있습니다. 그곳 사람들은 노인을 보잘것없는 사람으로 여기는데, 그럼에도 그는 여전히 무정한 딸들을 위해 모든 걸 헌신하지요. 그런데 그 딸들에 대해 아는 사람은 아무도 없습니다.

이 하숙집의 모든 세세한 모습들이, 모든 방과 방 안의 비품, 모든 거주자가 능숙하게 묘사되는데, 발자크는 이 같은 세세한 묘사를 통해 '이 모든 것이 사실이다!'라고 주장하는 겁니다. 몹시 타산적인 동시에 매혹적이며 사람이 바글거리는 19세기의 파리, 악취 나는 구멍인 동시에 위풍당당한 낙원인 그 시대의 파리에 대한 이 모든 이야기가 완전히 사실이라고 주장하는 것이지요.

그래서 우리는 보케르 집의 식당 안으로 들어갑니다. 식당의 벽은 지금은 그 색을 알아볼 수 없을 만큼 빛이 바랬고, 미개가 있는 유리병은 이가 빠진 데다 얼룩이 묻어 있습니다. 끈적거리는 식기대 위에 접시가 쌓여 있고, 와인 방울이 튄 하숙인의 냅킨들이 여러 칸으로 나뉘어 있는 상자 안에 들어 있습니다. 식탁은 한쪽에 기름을 입힌 유포로 덮여 있고, 식기깔개는 낡아빠져서 곧 닳아 없어질 것만 같습니다. 의자들은 흔들거리는 데다 등받이가 망가져 있습니다.

> 요컨대 그곳에는 멋진 구석이라곤 전혀 없는 가난이 있다. 비좁고 밀집되고 남루한 가난이 있다. 실제 오물은 없다 해도 모든 것이 더럽고 얼룩져 있다. 누더기나 넝마는 없지만 모든 것이 썩어서 금방이라도 허물어질 지경이다. 아침 7시 무렵이면 이 식당은 한껏 광채를 발한다. 이때 보케르 부인의 고양이가 아래층에서 모습을 드러내는데, 그것은 고양이의 주인이 오고 있다는 신호인 것이다.

초점이 옮겨 다니며 세부 묘사가 진행됨에 따라 이 하숙집의 볼품없는 꼬락서니가 잡다하게 드러나고 있는 상황에서, 작가는 이 모습을 유심히 지켜보고 있는 독자들에게 그 모든 것을 일종의 팡파르로 활용하면서 매우 중요한 인물인 하숙집 여주인 보케르 부인이 허세스럽게 등장하는 모습을 보여줍니다. 그녀는 늙은 여배우처럼 망사로 만든 모자를 머리에 비뚤어지게 쓰고 주름진 슬리퍼를 질질 끌면서 들어옵니다. 그 다음에 그녀를 멋지게 묘사하는 대목이 나오는데, 그 전부를 인용하지는 않겠지만 아무튼 그 대목은 이렇게 시작합니다.

> 그 여자의 늙고 통통한 얼굴 가운데에 앵무새 부리 같은 코가 눈에 띄게 솟아 있다. 잔주름이 진 손은 작았고, 몸은 교회 쥐처

럼 뚱뚱했다. 특정한 모양이 없는 그녀의 헐렁한 옷은 벽에서 불행이 스며 나오는, 그리고 짓밟히고 질식당한 희망이 절망에 굴복해버린 이 식당과 훌륭한 조화를 이룬다.

발자크 이전의 작가들은 일상의 세세한 부분들을—조잡스럽고 시시한 것으로 치부하여—생략했습니다. 하지만 발자크는 그러한 것들을 진실의, 또는 현실의 본질적인 부분으로 여기고서 욕심껏 모으고 활용했습니다. 그가 이 문을 연 것이지요.

나는 즐거움을 위해 책을 읽습니다. 난 이제 더 이상 의무감으로 책을 읽지 않아요. 뭔가를 읽어야 한다는 의무감을 느끼지도 않고요. 그렇기는 하지만 내가 죽기 전에 읽고 싶은 몇몇 책들이 있답니다. 무엇 때문인지 그 이유를 말하긴 어렵군요. 읽지 않고 떠난다면 뭔가 찜찜한 기분이 들 것 같아요. 나는 다니자키 준이치로의 『세설』을 읽고 싶고, 미클로스 반피 Miklós Bánffy. 헝가리 소설가, 귀족, 정치인의 『트란실바니아 3부작The Transylvanian Trilogy』을 읽고 싶고, 헤르만 브로흐의 『몽유병자들』을 읽고 싶어요. 나는 생이 끝나갈 시점에 책을 읽고 있는 나 자신을 생각하곤 한답니다. 에드먼드 윌슨이 생의 마지막 나날에 침대 발치에 산소 탱크를 둔 채 히브리어를 공부했던 것처럼 말입니다.

물론 읽지는 않는다 해두 호기심에서 살펴보거나 어떻게 쓰였는지 보려고 꺼내 드는 책들은 언제나 있습니다. 그런 것을 정말로 알 필요는 없지만 아무튼 그런 갈망이 있는 거죠.

지난 수십 년 동안 나는 책을 읽지 않거나 읽어본 적이 거의 없는 사람과 오랫동안 정말 친하게 지내거나 편안한 관계를 맺은 적이 없습니다. 나에게는 독서가 필수적인 것입니다. 책을 읽지 않는 사람들에게선 뭔가 빠진 게 있지요. 언급하는 말의 폭, 역사 감각, 공감 능력 같은 게 부족해요. 책은 패스워드지요. 영화는 너무 단순해요. 어쩌면 내 생각이 틀렸는지도 모르겠군요. 언젠가 내가 시끄러운 술집에 앉아 있을 때 한 남자가 나에게로 와서—우리 동네에 있는 술집이었어요—뭐라고 말을 했는데, 내가 알아듣지 못했어요. 그러자 내 귀에 가까이 대고 다시 말했어요. "네루다에 대해 어떻게 생각하십니까?" 나는 사실 네루다에 대해서는 별생각이 없었어요. 하지만 친구가 되고자 하는 그 사람의 정겨운 시도가 따뜻하게 느껴지더군요. 나는 나중에 네루다를 읽었어요. 그 사람이 아니었더라면 나는 네루다를 안 읽었을지도 몰라요.

모든 책을 읽는 것은 불가능합니다. 아무리 책을 잘 읽는 사람이라 해도 읽지 않고 남아 있는 책들이 엄청나게 많기 마련입니다. 덜 알려진 책뿐 아니라 기초가 되는 책들도 그렇습니다. 영원히 안 읽게 되거나 반드시 읽어야 하거나 또는 애서가 친구인 자크 보네Jacques Bonnet. 프랑스 소설가의 말처럼 언젠가는 읽게 될 책들이겠지요. 그리고 우리는 늘 한 번도 들어본 적이 없는 흥미로운 작가들을 만나게 됩니다. 내가 나가이 가후의 「스미다강」과 다른 두세 작가의 작품을 읽게 된 것은 자크 보네 때문이었습니다. 읽어야 할 게 너무 많고, 언제나 그러하겠지요.

나는 내가 읽고 좋아한 책들은 아주 잘 기억합니다. 그러한 책의 작가들과는 일종의 관계가 형성됩니다. 많은 독자들도 경험하는 일이겠지요. 책이 좋다면 그 작가도 좋은 사람일 테니까요. 그 느낌은 존경이거나 심취일 수 있고, 때로는 일종의 숭배의 감정일 수도 있습니다. 나는 숭배한다는 느낌이 드는 작가들을 아주 많이 알고 있습니다. 하지만 남들은 어떻게 생각하더라도 난 이해할 수 있습니다. 우리는 노상 좋아하는 작가는 누구인지, 영향 받은 작가는 누구인지 말해달라는 요청을 받습니다. 내 경우엔 그런 목록이 호주머니 안에 있었던 적은 없는 것 같지만, 뉴욕에서 살 때 처음 만난 로버트 펠프스 Robert Phelps, 작가, 편집자, 번역가라는 작가가 내게 소개해준 몇몇 작가들이 그 목록에 올라야 할 것 같습니다. 펠프스를 처음 만난 것은 1969년이었습니다. 나는 마흔네 살이었는데, 결코 문학적인 삶을 살지 못하고 문학 밖에서 살고 있었지요.

공교롭게도『문학적인 삶The Literary Life』은 펠프스가 피터 딘과 함께 쓴 책의 제목이었어요. 전적으로 작품과 문학적 사건, 작가들의 공적, 사적 삶에만 초점을 맞추어 집필하고 사진을 곁들여 수록한 1900년에서 1950년까지의 문학의 역사였지요. 그 책은 내게는 너무 유혹적인 책이었습니다. 나는 작가였고, 따라서 다음번에 나올 1950년에서 2000년까지를 다룬 책에 실리고 싶었으니까요. 하지만 여러 가지 이유로─그중 하나는 그의 죽음이었지요─로버트 펠프스는 그 책을 결코 쓰지 못했답니다. 그렇지만 그는 나를 보살피며 도와주었어요. 그는 내게 비교문학 강의를 해주었는데, 그것은 당시에 그가 뉴스쿨미국 뉴욕에 있는 사립 종합대학에서 가르치는 강의 과목이기도 했답니다.

펠프스와 화가인 그의 아내 로즈메리 벡은 방이 두 개뿐이고 방에 연결된 주방이 하나 있는 조그만 아파트에서 살았습니다. 침실에는 조그만 탁자가 하나 있었어요. 그들은 종종 거기서 음식을 먹곤 했지요. 다른 방은 작업실이었는데, 조심스럽게 선으로 구분하여 반은 아내가 사용하고 반은 그가 사용했답니다. 그 집엔 서가가 하나밖에 없었습니다. 그 서가는 아내가 사용하는 구역 안에 자리 잡고 있었고 서가의 일부도 아내가 사용했지요. 따라서 그가 소유한 책은 그 수가 한정될 수밖에 없었습니다. 아마 서른 권이나 서른다섯 권 정도였을 겁니다. 보르헤스가 우주에 대한 은유로서 묘사한 무한한 바벨의 도서관 각 서가에 있는 책의 수와 똑같은 수입니다. 서가에 있는 그 어떤 책도 펠프스가 좋아하고 더 가치 있게 여기는 다른 책으로 언제든 대체될 수 있었어요. 다른 책으로 대체되어 서가에서 쫓겨난 책들, 그리고 서가에 꽂힐 기회도 얻지 못한 서평용 증정본들과 여러 책들은 가까운 곳에 있는 스트랜드 서점중고 서점으로 시작한 뉴욕 최대의 독립 서점으로 가거나 아무나 집어 갈 수 있도록 복도에 쌓이게 되었죠.

가장 높은 층에 있는 펠프스의 아파트는 내 눈에는 파리식으로 보였습니다. 내가 그의 작품에 영향을 받아서 그랬던 것 같아요. 그의 관심과 전문 지식은 특별히 프랑스 문학에 집중되었지요. 펠프스는 콜레트의 소설과 논픽션 책들에서 발췌한 긴 글들로 이루어진 콜레트의 자전적인 책―『지상 낙원

Earthly Paradise』—을 엮고 편집했습니다. 그는 또한 삽화를 곁들인 콜레트 전기를 썼고, 좀 더 전통적인 방식으로 장 콕토의 전기를 썼습니다. 장 콕토의 책은 그의 아파트에서 몇 구역 안 떨어진 곳에 위치한 파라슈트라우스앤드지루 출판사Farrar, Straus and Giroux에서 나왔습니다.

펠프스는 그 출판사의 사장이었던 슈트라우스를 언제나 로저라고 불렀습니다. 그리고 나중에, 그가 아마 내 얘기도 출판사 쪽에 했던 것처럼 보였을 때는 "우리 로저"라고 부르기 시작하더군요. 그 당시에 나는 어떤 소설『가벼운 나날』을 말함을 쓰고 있었습니다. 나는 아내와 사이가 안 좋았지요. 우린 서로 거의 말을 하지 않았어요. 나는 우리가 행복했던 날들을 생각하곤 했습니다. 행복했던 날들을 머리에 떠올리려 했다기보다는 내가 그걸 어떻게 기억하는지, 그리고 어떤 것들을 기억하는지 떠올리려 한 것이었지요. 나는 내 안에 쌓인 지난 10년의 세월에 관한 소설을 쓰고 있었습니다. 특히 우리 부부의 친구였던 한 부부와 관련된 나날의 얘기를 말입니다. 나는 그 부부의 아내에게 매료되었는데, 그녀는 요리를 할 때면 언제나 결혼반지를 빼서 조리대 위에 올려놓는 버릇이 있었다는 게 기억나는군요. 나는 실은 그녀에 대한 소설을 쓰고 있다는 생각이 들었습니다.

그로부터 몇 년 후 어떤 여성 작가가 내게, 자기는 그 책을 너무두 좋아해서 그 책에 나오는 단어 하나를 손가락에 문신으로 새겼다고 말했습니다. 아마 결혼반지를 끼고 있었던 자리에 새긴 것 같았어요.

그 단어가 뭡니까? 내가 물었지요.

그녀가 손가락을 내게 보여주더군요.

그 단어는 'inimitable흉내 낼 수 없는'이었습니다.

로버트 펠프스를 만나기 전까지는 내가 아는 모든 것은 나 스스로 배운 것이었습니다. 내 취향을 스스로 형성했지요. 그런데 펠프스가 내게 새로운 작가들을 소개해주고 기존의 많은 작가들을 재정립해줌으로써 나의 취향을 세련되게 다듬어주었습니다. 나는 그를 신뢰했어요.

그가 내게 읽어보기를 권한 작가 가운데 한 사람은—그는 내게 바벨의 단편 세 편의 제목을 적어주었죠—러시아 작가인 이사크 바벨Issac Babel이었습니다.

펠프스가 "이걸 먼저 읽어보세요"라고 했죠. 그건 「나의 첫 번째 거위」라는 단편소설이었습니다.

여러분들은 그 당시의 나보다 더 많이 알고 있을 거라고 생각하는데, 난 당시에는 바벨 같은 작가가 있는지조차 몰랐습니다. 바벨은 1920년대에 단편소설과 희곡을 썼고, 1940년에 구소련 비밀경찰에 의해 처형되었습니다. 그의 작품은 주로 그가 어렸을 때 살았던 오데사 지방의 생활에 관한 것과 1920년에 폴란드와 벌인 전쟁에서 붉은 군대를 따라 전쟁터로 나갔던 경험에 관한 것으로 나뉘지요. 이 작품들과, 독자를 경악케 하고 감동시키는 이 작품의 힘을 설명하는 것은 쉽지 않은 일이에요. 그의 작품들은 숨이 막힐 정도로 강렬하게 연마되고 다듬어져 있답니다.

바벨은 불필요하게 나서지 않는 작가입니다. 그는 이야기

뒤로 물러난 채 작품이 스스로 결론짓게 하는데, 흔히 충격적인 방식으로 결론이 납니다. 그는 안경을 쓴 조그만 사람으로, 특파원으로 코사크 군대를 따라다녔어요. 그리하여 하느님의 관용에 힘입어 그의 주위에서 일어나는 아수라장 같은 상황을 다소간 조감할 수 있었지요. 보르헤스는 바벨의 문체에 대해 그의 문체는 산문에 의해 이루어진 것이라기보다 시를 위해 예비된 것처럼 보이는 장엄하고 훌륭한 경지를 획득했다고 말한 적이 있습니다. 바벨은 이 모든 것을 여러분에게 줍니다. 그것은 한 움큼의 라듐과도 같습니다. 결코 상상하지 못할 눈부신 광휘인 거예요.

바벨은 자신의 이야기를 끊임없이 쓰고 또 썼습니다. 그는 말하기를, 문장에는 지렛대 같은 것이 있어서 그 위에 손을 올리고 약간만, 지나치지도 않고 너무 적지도 않게 딱 적당한 만큼만 돌리면 모든 것이 제자리를 잡을 거라고 했습니다. 여러분은 아마 이 말의 뜻을 상상할 수 없겠지만, 그의 문장을 보면 그걸 알 수 있을 거예요.

그는 또한 그 어떤 쇠도 딱 알맞은 장소에 놓인 시대만큼 인간의 마음을 강력하게 꿰찌를 수는 없다는 잊을 수 없는 말을 하기도 했습니다.

나는 바벨의 소설을 여러 번 되풀이하여 읽었습니다. 그중 하나는 파리를 배경으로 한 「단테 거리」입니다. 또 하나, 「기드 모파상」이란 작품도 생각나는데 그 작품에 모파상은 전혀 나오지 않습니다. 바벨은 이탈리아와 프랑스를 여러 차례 여행했어요. 그곳에서 좀 더 오래 머물고 싶었을 것이나, 외국에

너무 오래 있으면 당국으로부터 의심을 받게 되므로 결국엔 소련으로 돌아가곤 했습니다. 바벨은 계속해서 글을 썼지만 얼마간 변두리 작가로 밀려나 있었고, 게다가 너무 공개적으로 자유사상을 밝혔던 것 같아요. 그는 갑자기 체포되어 투옥되고 간첩죄로 기소되었습니다. 간첩죄는 소련에서는 용서가 안 되는 무거운 죄였지요. 그리고 어느 날 저녁 지하실에서 재판을 받고 다음 날 처형되었습니다. 마무리 짓지 못한 그의 모든 원고와 논문 들은 체포될 때 압수되었는데 그 뒤 영영 찾지 못했습니다.

내가 오랜 시간을 들여 써낸 『가벼운 나날』은 성공적이지 않은 것으로 드러났어요. 책이 나왔는데, 〈타임스〉의 두 번에 걸친 서평에서 가혹하고 냉담한 평을 받았죠. 그걸 방어하는 데 관심을 가진 사람도 전혀 없답니다. 랜덤하우스의 내 편집자가 전화로 그 소식을 알려주었지요. "좋지 않은 서평입니다." 그가 말했어요.

"정말이오? 얼마나 안 좋은데요?"

"아주 안 좋습니다."

"그렇다 해도 그 서평 안에 광고에 사용할 수 있는 어떤 구절이나 또는 두세 단어쯤은 있지 않을까요?"

"아니, 없습니다." 그가 말했어요.

한두 번 거부당하는 경험을 겪어보지 않은 작가는 드물지요. 그 책은 나에겐 성스러운 것이지만 그들에겐 사실 전혀 성스러운 게 아니었으니까 그럴 수도 있는 일이었어요. 하지만 그건 철학적으로 말하는 것이고 그 당시에는 이런 생각이 아무 소용 없었습니다. 철학은 더디게 작용하는 치료약이랍니다.

물론 그 책을 좋아하는 사람들도 있었습니다. 늘 그런 사람들이 있죠. 그리고 아마 그 사람들이 옳을 거예요. 하지만 그렇게 거부당한 것은 나에겐 어떤 것에도 비할 수 없는 가장 고통스러운 일이었습니다. 지금 생각하면 그걸 극복하기 위해 열심히, 고되게 일에 몰두할 수도 있었을 것 같아요. 또 다른 작품을 쓰기 시작할 수도 있었을 테고요. 하지만 내 안의 열정이 다 사그라진 것 같았습니다. 5년 동안 그 책을 썼으니까요. 나는 완전히 소진된 느낌이었어요. 결국 나는 프랑스로 갔습니다. 프랑스는 언제나 작가가 되는 것은 가치 있는 일이라는 걸 느낄 수 있게 해주는 곳이고, 그곳에서 나는 언제나 글을 쓸 수 있었으니까요. 모든 작가가 프랑스를 좋아하는 건 아닙니다. 사실 난 프랑스는 지나치게 많이 사랑받아왔다고 생각하는 편이지만—그런 생각이 하나의 정서로 자리 잡기 시작하는 것 같아요—아무튼 나는 프랑스에서는 늘 편안함을 느꼈습니다.

바벨은 장편소설을 쓴 적이 없습니다. 장편은 바벨에게는 잘 맞지 않는 형식이었지요. 장편소설은, 내 견해로는 길이가 어느 정도는 되는 이야기여야 하고, 필요한 곳에서만 간결해야 합니다. 어쩌면 E. M. 포스터가 말했듯이 장편소설은 어떤 사회적 기반이나 사회적 연관성을 지녀야 하고 가치에 의해 평가된 삶을 포함해야 하는지도 모릅니다. 나는 그런 것들이 꼭 필요하다고는 생각하지 않지만 말이에요.

　지난 200년 사이에 장편소설은 지배적인 문학 장르가 되었고, 가장 중요한 문학인은 보통 장편소설가들이었습니다. 프리드리히 실러의 「소박한 문학과 성찰적인 문학에 관해서」라는 영향력 있는 논문에 영감을 받은 오르한 파무크는 작가를 소박한naive 작가와 성찰적인sentimental 작가, 두 부류로 구분했습니다. 파무크에 따르면 소박한 작가란 글이 샘처럼 자연스럽게 저절로 우러나오는 작가, 즉 자신이 어떻게 쓰는지 인식하지 않고서 글을 쏟아내는 작가를 뜻합니다. 파무크은 이러한 범주의 작가로 단테, 셰익스피어, 세르반테스, 스턴, 괴테를 들고 있습니다. 반면 성찰적인 작가는 문체나 기법 등 여러 가지 문제들에 직면합니다. 그리하여 이들은 공부는 열심히 하지만 머리가 둔한 학생들처럼 더 축복받은 작가들로부터 한 발짝 떨어져 있는 것처럼 보입니다. 이 부류의 작가에는 톨스토이, 고골, 버지니아 울프, 토머스 만을 비롯하여 여타 대부분의 작가들이 포함될 것입니다. 플로베르는 분명 이 부류의 작가 목록의 윗부분에 포함될 것입니다.

　플로베르는 발자크 사망 이듬해인 1851년에 『보바리 부인』을 쓰기 시작했습니다. 나이가 거의 서른이 다 된 때였죠. 그는 발자크를 존경했어요. 발자크와 플로베르 둘 다 사실주의 작가죠. 사실주의 소설의 상징이 된 『보바리 부인』은 집필하는 데 4년 반이 걸렸습니다. 그 소설의 착상은 어디에서 왔는가, 그 소설이 얼마나 많은 것을 실제 사례나 사례 조사에 근거하고 있는가 하는 점들은 흥미로운 문제지만, 나는 플로베르와 그의 수법, 집필 방식 그리고 그의 바람과 의도에 관해 얘기하고 싶습니다.

플로베르는 독신이었습니다. 평생 결혼을 안 했어요. 그리고 평생을 넓은 정원이 있고 강이 내려다보이는 안락한 집에서 가족과 함께 살았지요. 루앙 근처 크루아세에 있는 집이었어요. 그 집엔 하인들이 있었습니다. 그는 어머니와 어린 조카 카롤린과 함께 살았는데 조카를 무척 귀여워했답니다. 플로베르는 가끔 바람을 쐬러 또는 친구를 만나러 파리에 가는 것을 제외하고는 여행을 거의 하지 않았습니다. 한번은 친구인 막심 뒤 캉Maxime Du Camp. 프랑스 작가과 함께 이집트에 가기도 했습니다. 그는 부르주아를 경멸했지만, 그의 삶은 철저히 부르주아적인 삶이었습니다. 그는 타락한 부르주아와 그들의 민주적 사회라는 말을 하기도 했습니다. 그에겐 루이즈 콜레 Louise Colet라는 연인이 있었습니다. 시인이었죠. 하지만 그녀는 다른 지역에서 살았으므로 그는 자신의 에너지를 전적으로 작품에 쏟아부을 수 있었습니다.

그의 서재는 2층에 있었습니다. 정원 너머로 센강이 내려다보이는 커다란 방이었어요. 플로베르는 보통 이 방에서 이른 오후부터 이른 새벽까지 글을 썼습니다. 저녁을 먹을 때만 글쓰기를 멈추었지요. 그는 끊임없이 쓰고 또 쓰고 고치면서 천천히 글을 만들어냈습니다. 아마 '일주일에 한 페이지나 나흘에 한 페이지 혹은 3개월에 13페이지' 정도를 완성했을 겁니다. 300쪽 되는 책을 위해 쓴 초고가 4500쪽이나 되었답니다.

그는 문장 하나하나를 저울질했습니다. 각각의 단어를 고르고 퇴짜 놓고 다시 골랐습니다. 그는 "산문에서 좋은 문장은 시에서의 좋은 행처럼 리드미컬하고 듣기 좋고 바꿀 수 없는 것이어야 한다"라고 했지요. 플로베르는 자신이 '고함치는 집'이라고 명명한 그의 집에서 자신이 쓴 글의 리듬과 매끄러움을 판단하기 위해 문장과 단락을 큰 소리로 읽어대곤 했어요. 또한 매주 의식을 치르듯 자신이 쓴 글을 친구에게 큰 소리로 읽어주었답니다.

그는 은유와 도덕적 판단을 억누르고 객관적으로 정확하게 엄밀하게 쓰기를 원했습니다. 무엇보다도 사실주의적인 소설을, 낭만적인 묘사가 없고 거의 임상적인 글처럼 보이는 소설을 쓰기 원했습니다. 그리고 시골 사람과 평범한 삶으로부터, 심지어 천박한 삶으로부터도 어떤 영원한 아름다운 것을 만들어내길 원했습니다. 이 모든 것은 문체에 달려 있었을 거예요. 글의 문체가 가장 중요했지요. 그는 심지어 다음과 같이 말하기도 했습니다. "그것은 주제가 없는 책 (…) 외적인 어떤 것에도 의존하지 않고 (…) 문체의 내적인 힘에 의해서 지탱되는 책일 것입니다." 그러나 물론 그의 책은 그 이상이에요. 그것은 완벽한 세계의 기적 같은 선물이지요.

『보바리 부인』에서 엠마 보바리를 유혹하는 인물인 머리털이 검고 남자답게 생긴 지주 로돌프는 그녀를 마을 사무소 2층의 빈 회의실로 데리고 갑니다. 그곳에서 그들은 앉아서 아래에서 진행되는 농산물 공진회를 내려다볼 수 있습니다.

그는 팔짱을 낀 채 얼굴을 엠마 쪽으로 돌리고 앉아 아주 가까이에서 그녀의 얼굴을 뚫어지게 바라보았다. 그녀는 그의 눈 속 까만 눈동자 언저리에서 조그만 금빛 선들이 반짝반짝 빛나는 것을 볼 수 있었고, 그의 반지르르 윤이 나는 머리에서 나는 포마드 냄새도 맡을 수 있었다. 그러자 나른함이 몰려왔다. 보비에사르에서 왈츠를 함께 추었던 자작이 머리에 떠올랐다. 그 자작의 수염에서도 이 남자의 머리에서처럼 바닐라와 레몬 향기가 풍겼었다. 엠마는 그 향을 좀 더 잘 맡으려고 반사적으로 눈꺼풀을 반쯤 감았다.

나는 이 대목에서 잠깐 멈추고 싶네요. 그녀는 조그만 금빛 선들을 볼 수 있고, 포마드 냄새를 맡을 수 있고, 그 자작의 수염에서 풍겼던 지금과 똑같은 운명적인 레몬과 바닐라 냄새를 떠올릴 수 있었습니다. 그녀는 눈꺼풀을 반쯤 감았습니다. 이건 또 얼마나 세밀한 묘사인지요. 눈이 아니라 눈꺼풀을 반쯤 감은 겁니다. 이게 한결 더 부드러워요. 이것은 하얀 커튼을 연상시키고, 나른함과 회상에 어울리는 우아하고 멋진 어떤 것을 아련히 떠올리게 합니다.

그러나 그녀가 게슴츠레한 눈으로 의자에 앉아 자세를 바로 했을 때, 멀리 지평선 위로 낡은 승합마차인 '제비'가 기다란 먼지 기둥을 뒤에 끌고서 뢰 언덕을 천천히 내려오는 모습이 보였다. 레옹이 몇 번씩이나 그녀에게 돌아오곤 했던 것도 바로 저 노란 마차를 타고서였다. 레옹이 영원히 그녀를 떠나간 것도 바로 저 길을 걸어서였다! 광장을 가로질러 맞은편 창가에서 레옹의 모습이 보이는 것만 같았다. 이윽고 모든 것이 한데 섞여 흐릿해지더니 구름과 같은 것이 눈앞을 지나갔다. 그녀는 아직도 그 자작의 품에 안겨 휘황한 샹들리에 불빛 아래서 왈츠를 추고 있는 것 같은 기분이었고, 레옹이 멀지 않은 곳에 있어서 금방이라도 올 것만 같은 기분이었다. 그렇지만 그와 동시에 그녀는 여전히 로돌프의 얼굴을 가까이에서 느낄 수 있었다. 그리하여 이 감각의 달콤함이 과거의 욕망에 스며들었고, 모래알이 돌풍에 날리듯이 그 욕망은 갑작스럽게 훅 풍기는 향기로운 숨결에 섞여 빙글빙글 돌면서 그녀의 영혼 속으로 퍼져 나갔다.

비록 그녀는 반쯤 감은 눈으로 마차를 어렴풋이 보았을 뿐이고 멀리 있는 그 마차는 손톱 크기만큼이나 작았지만, 노란 마차는 그녀의 마음을 슬쩍 건드려서 그녀를 과거로 끌어들입니다. 그러나 이것은 시작일 뿐이에요. 장면은 계속 진행됨에 따라 더욱더 고조되고 환각적으로 되어가지요. 이제 작가는 그들을 놓아둔 채 그들이 거의 보고 있지 않은 아래쪽 공진회 장면을 묘사하면서 그 두 장면을 병치해 보여줍니다. 그곳에서는 허름한 몰골의 노파에게 메달이 수여되고 있습니다. 노파는 농장에서 50년 이상 소처럼 일해온 일꾼인데 그 상으로 지금 은메달을 받고 있는 겁니다. 우리는 마르고 쭈글쭈글한 얼굴에 마디가 굵은 기다란 두 손이 눈에 띄는 이 겁먹은 조그만 노파를 실감 나게 볼 수 있지요.

헛간의 먼지와 부식성 세탁용 소다와 양털에 붙은 기름기 따위

소설을 쓰고 싶다면

로 인해 손의 피부가 완전히 딱딱해지고 거칠어져서, 깨끗한 물에 씻고 왔는데도 손이 더러워 보였다. 일에 찌든 손가락은 딱 붙지 않고 약간 벌어져 있었는데, 그것은 여태까지 시달려온 수많은 고통의 증거를 나타내는 것처럼 보였다.

노파는 메달을 받습니다. 그걸 가만히 바라봅니다. 이윽고 환한 미소가 쭈글쭈글한 얼굴 가득 퍼집니다.

"이걸 우리 마을 신부님께 드려야겠다." 노파가 중얼거렸다. "그러면 날 위해 미사를 올려주실 거야."

문체. 플로베르는 객관성과 문체, 올바른 단어의 정확한 선택을 원했습니다. 말은 인간의 자연스러운 속성이어서 대부분은 쉽게, 거의 자연스럽게 되는대로 나오지요. 하지만 글은 그렇지 않아요. 글은 훨씬 어려운 것이에요.

모파상은 플로베르의 학생이었습니다. 말 그대로 학생이었습니다. 그들은 서로 잘 알았고, 플로베르가 모파상에게 글을 어떻게 쓰는지, 어떻게 끝내는지 가르쳐주었습니다. 모파상은 플로베르의 판단을 구하기 위해서 자신의 첫 단편소설을 플로베르에게 가지고 갔어요.(나는 이게 사실이라고 믿어요.) 「비곗덩어리」라는 작품이었지요. 모파상은 몹시 불안해했어요. 그는 스물아홉 살이었습니다. 괜찮은 작품인가요, 아닌가요? 플로베르는 작품을 읽은 뒤 돌려주면서 이렇게만 말했습니다. "걸작이네." 그런 다음 덧붙였습니다. "딱 두 단어만 바꾸고 싶네."

물론 하나하나의 단어가 모두 다 완벽한 단어일 수는 없습니다. 모든 방이 다 강이 바라보이는 방일 수는 없잖아요. 수많은 평범한 단어들이 한 권의 책을 만듭니다. 수많은 평범한 군인들 사이에 가끔씩 영웅들이 있는 군대처럼 말입니다. 하지만 잘못된 단어들, 또는 문장이나 해당 페이지의 품위를 떨어뜨리는 단어들이 있어서는 안 됩니다. 우리는 우리가 쓰고 있는 글에 대한 감식력이 있어야 합니다. 글이 나빠졌을 때 그걸 알아차릴 수 있어야 해요.

실은 올바른 단어는 없을 겁니다. 완벽한 단어는 더더욱 없을 테고요. 어쩌면 우리는 마음을 바꾸어서 두 단어를 바꾸거나 혹은 그 문장을 다시 써야 할지도 모릅니다. 모든 책이 모든 문장, 모든 단락에 대해 그렇게 할 가치가 있는 것은 아닙니다. 모든 작가가 그렇게 하는 것은 아닙니다. 좋은 정도가 있는 거예요.

하지만 문체style는 그와는 다른 것입니다. 문체는 철저히 작가인 것이지요. 독자가 몇 줄 또는 한 페이지의 일부만 읽고 나서 작가가 누구인지 알아차릴 수 있다면, 그때 그 작가는 문체를 지니고 있다고 말할 수 있습니다. 플로베르는 작품에서 자기 자신을 완전히 없애려 노력했지요. 마치 자신의 태도, 자신의 아이러니 감각, 자신의 취향 등이 작품의 일부가 아니라는 듯 자기 자신 없이 작품이 존재하게 하려고 노력한 겁니다. 하지만 그는 작품에서 자신을 없앨 수 없었습니다. 작품에는 다른 어떤 것이 있으니까요. 나는 '문체'라는 말에 저항감을 느낍니다. 왜냐하면 그 말은 '장식'이나 '양식' 같은, 뭔가 긴요하지 않은 것을 떠올리게 할 수도 있기 때문이죠 그래서 나는 종종 문체 대신 '목소리'라는 말을 선호하곤 합니다. 문체와 목소리는 정확히 똑같은 것은 아니에요. 문체는 선택적인 것이고 목소리는 거의 유전적인 것, 전적으로 독특한 것이지요. 다른 어떤 작가의 글도 이사크 디네센처럼 들리지 않습니다. 그 누구의 글도 레이먼드 카버나 포크너처럼 들리지 않습니다. 그들은 끊임없이 고쳐 씁니다. 바벨, 플로베르, 톨스토이, 버지니아 울프 같은 작가들 말입니다. 그들에게 작가가 된다는 것은 고쳐 써야 하는 형벌을 받은 것을 의미합니다. 그들이 쓰려고 했던 것은 그게 아니니까 말이에요. 혹은 쓰려고 했던 게 잘못 생각한 것이었으니까요. 또는 고치면 더 좋아질 수 있을 테니까요. 너무 길거나 단조롭거나 요점을 벗어났거나 좀 엉성한 것 같아 보이니까 말이에요. 그렇지만 그 작품은 언제나 그들이 한 말처럼 들립니다. 그것이 그들의 문체입니다. 그들의 목소리인 것입니다.

작가로서 출발한 초기에는 대개 자신의 목소리가 없습니다. 여러분은 보통 확실히 자리 잡은 어떤 작가의 영향을 받거나 그 작가에게 끌리기 마련이죠. 그 작가가 뭘 하든 그걸 따라서 해보려고 합니다. 그 작가가 사물이나 현상을 어떻게 보든 그와 똑같이 보려고 합니다. 하지만 점차 그런 애착은 약화되고 여러분은 다른 작가들에—그리 강렬하지 않게— 끌리게 되고 여러분 자신의 글에 끌리게 됩니다. 그러한 연습과 변화를 거치다 보면 다른 작가가 끼어드는 일 없이 전적으로 자신의 글을 쓰는 때가 오고, 그러면 비로소 여러분 자신의 목소리처럼 들리게 됩니다.

　문체가 본질이다, 라고 나보코프는 말했고, 그의 문체가 그걸 증명했습니다. 그는 말을 하듯이 글을 썼습니다. 단, 글이 더 나았죠.

　작품의 첫 부분을 처음 읽으면서 일종의 경고를 느낄 때가 있습니다. 그것은 마치 섹스와도 같은, 전기가 몸을 관통하는 것 같은 느낌입니다.

　　그해 늦은 여름, 우리는 산으로 이어지는 강과 평원이 마주 보이는 어느 마을 민가에서 지내고 있었다. 강바닥에는 햇빛을 받아 바싹 마른 하얀 자갈과 조약돌이 깔려 있었고 수로에서는 맑고 푸른 물이 빠르게 흐르고 있었다. 군대가 민가 옆을 지나 길을 따라 내려가면 그들의 발걸음으로 나뭇잎은 뿌연 먼지를 뒤집어썼다. 나무의 몸통 역시 더러웠고 그해에는 나뭇잎이 일찍 떨어졌고 우리는 군대가 길을 따라 행군하는 것을 보았으며 먼지가 일고 나뭇잎이 미풍에 흔들리며 떨어지는 것을 보았다. 그리고 군인들이 행군하고 난 뒤의 휑하고 뿌연 길에는 떨어진 나뭇잎들만 뒹굴었다. 헤밍웨이의 『무기여 잘 있거라』 첫 부분.

　존 디디온이 말했듯이, 헤밍웨이의 이 문장은 "세상을 보는 어떤 특정한 방법, 보기는 하되 가담하지는 않는 방법, 움직이며 나아가되 소속되지는 않는 방법, 그 시간과 장소에 확실히 들어맞는 일종의 낭만적 개인주의"에서 나온 것입니다. 소설이 발표된 때는 1929년이지만 소설 속 행동이 일어난 시간적

배경은 1917년입니다. 제1차 세계대전이 끝나기 1년 전이고 이탈리아 전선의 전투가 재앙으로 치닫던 해였지요.

현상을 보는 어떤 특정한 방법과 그것을 표현하는 방법…… 이 단락은 1음절이나 2음절 단어들로 그리고 아주 단순한 단어, 자연의 단어들로 쓰여 있습니다. 강, 평원, 자갈, 나무, 먼지…… 천연의 단어들이지요. 그것은 원시적 언어입니다. 더 나은 세상의, 더 참된 세상의 언어인 것이지요. 효과를 위한 반복, 거의 의식처럼 느껴지는 빈번한 접속사 사용 등은 헤밍웨이 글의 특성입니다. 나뭇잎이 떨어지고…… **그리고** 우리는 보았고…… **그리고** 먼지…… **그리고** 나뭇잎…… **그리고** 군인들……,영어 원문은 'and'로 연결된 문장들이지만 번역에는 우리말의 특성상 '그리고'를 대부분 생략했음. 그것은 사실주의입니다. 실은 편견을 지닌 사실주의인 거죠. 그것은 문체일 뿐만 아니라 목소리인 것입니다. 헤밍웨이는 성찰적인 작가였습니다. 적어도 오르한 파무크의 분류에 따르면 그렇습니다. 단어들이 저절로 쏟아져 나오는 작가가 아닙니다. 잭 케루악이나 수백 쪽을 잘라내야 할 책들을 쓴 토머스 울프의 경우에는 단어들이 절로 쏟아졌지만, 헤밍웨이는 그런 작가가 아니었던 것입니다.

어느 날 오후―전쟁제2차 세계대전을 말함이 끝난 뒤였습니다―나는 펜서콜라에 있었습니다. 그곳 거리를 걷다가 걸음을 멈추고 서점 창문을 들여다보았어요. 표지에 굵은 글씨로 『읍과 도시The Town and the City』라고 쓰인 책이 있더군요. 그 책의 저자인 잭 케루악이라는 이름이 내 눈길을 끌었습니다. 나는 잭 케루악을 알고 있었어요. 그와 나는 같은 고등학교를 다녔는데 그는 고등학교 때에도 단편소설을 썼지요. 이 사람이 그 케루악일까?

서점 안으로 들어가 그 책을 집어 들었습니다. 뒤표지에 사진이 있더군요. 나는 즉시 그를 알아봤지요. 깜짝 놀랐습니다. 그는 나보다 한 학년 위였고, 그의 친구들이 다 나보다 한 학년 위였지요. 그의 몸매는 땅딸막하고 탄탄했는데 달리기를 아주 잘했습니다. 그는 미식축구를 했어요. 미식축구를 하기 위해 컬럼비아대학에 진학했다는 얘기를 들었죠. 나는 몇 페이지를 읽어본 다음 그 책을 사 가지고 집에 갔습니다.

"잭 케루악이 쓴 책이야." 그 책을 아내에게 보여주며 말했습니다. 아내는 케루악이 누군지 모르더군요. 난 학교를 졸업하고 나서 한참 뒤에야 아내를 만났죠. 나는 그가 누구인지 설명해주었습니다. 하지만 내가 그의 책을 보았을 때 어떤 기분이었는지, 얼마나 부러웠는지에 대해서는 설명하지 않았어요. 부러워서 배가 아플 지경이었고 열패감이 들었다는 얘기는 하지 않았죠.

아내는 글쓰기에 대한 나의 관심에 특별히 호의적이지는 않았어요. 반대하지도 않았고요. 무관심했지요. 하지만 나는 군복 차림으로 펜서콜라의 거리를 걸으면서 갑자기 내가 살고 있는 삶과는 다른 삶의 모습을 보게 되었습니다.

『읍과 도시』에서 읍은 케루악의 고향 마을인 매사추세츠주의 로웰이고 도시는 뉴욕이었습니다. 뉴욕은 그가 윌리엄 버로스, 앨런 긴스버그, 닐 캐서디 그리고 두어 명의 아내 등 그의 인생의 주요 인물들을 만났던 도시였지요. 그의 글은 토머스 울프의 영향을 크게 받았습니다. 나도 방대한 분량의 토머스 울프의 소설을 세 권 읽었답니다. 울프의 소설은 일상적인 일들과 주체할 수 없는 그의 자아, 의미와 사랑의 탐구를 길게 풍성하게 묘사한 것들인데, 이따금 실제 인물을 바탕으로 그려낸 잭 부인—에스더 잭—의 이야기로 끝나곤 하지요. 케루악이 토머스 울프에게서 발견한 것이 바로 이 풍성함이고, 그것은 재즈처럼 비가를 읊어대는 힘이 되었습니다. 나는 『읍과 도시』를 읽었죠. 그리고 케루악이 그 작품을 써냈다는 사실에 깊은 감명을 받았어요.

나는 그때까지 장편소설을 한 편도 쓰지 못했습니다. 쓰려고 노력은 해보았지만 말입니다. 단편은 몇 편 쓴 게 있었습니다. 결국 나는 훨씬 긴 소설을 써서 친한 친구에게 보여주었습니다. 친구와 친구의 약혼녀가 그 소설을 읽고 나서 내게 그걸 찢어버리라고 충고해주더군요. 자기 자신에 대한 글을 쓰고서 그걸로 조롱받는 일은 유쾌한 일이 아니지요. 물론 나는 나에 관해 쓴 게 아닌 척했지만 매 페이지에서 내 얘기라는 걸 알 수 있었을 거예요.

나는 글을 쓰고자 하는 욕구가 어디에서 온 것인지 모르겠어요. 타고난 것은 아닌 것 같아요. 하지만 이른 시기에 그 욕구가 찾아들었습니다. 내 안에는 신기神氣가 없었습니다. 포크너가 자신에게는 그게 있고 D. H. 로런스에게도 있다고 말했던 그 신기가 나에게는 없었습니다. 하지만 신기가 전혀 없는 작가들도 있는 법이지요. 포드 매덕스 포드도 그게 없었다고 생각해요. 존 업다이크도 신기가 없었습니다. 람페두사도 없었습니다. 아무튼 천재성은 천재성일 뿐이지요. 내게 있는 것은 단지 욕망뿐이었고, 그것이 아주 오래 지속되었을 것입니다. 그러다가 내게 호의적인 인물이 나타났습니다. 오랫동안 잡지 편집자로 일해온 중개인이었는데 그가 나를 위해 일해주었어요. 나에게는 출간된 책이 하나도 없고 보여줄 원고도 없었는데 말이에요. 다만 내가 시도해보았던, 앞에서 얘기한 그 작품이 하나 있었습니다. 나는 그걸 더 다듬었고 그는 그 작품이 출판사에 보낼 수 있을 만큼 괜찮은 작품이라고 생각했습니다.

한편 나는 수송 비행에 투입되었습니다. 그것은 지루한 일이었지만 나는 젊었고, 먼 지역의 지명들은 내겐 근사해 보였지요. 전쟁이 일어날 거라고 생각한 사람은 아무도 없었습니다. 전쟁은 이미 끝났으니까요. 1946년이었습니다. 한국전쟁이 일어나기 4년 전이었죠. 한국전쟁은 폭풍우처럼 발발했습니다. 하룻밤 사이에 일어난 듯한 느낌이었어요. 그 전쟁이 일어났을 무렵 나는 전투기 조종사였고, 전투기를 몰고 나가 싸우고 싶은 마음이 굴뚝같았습니다. 전투기 안에서 죽는다면, 그리고 전투기를 잃는다면 그건 어리석은 일이겠지요. 작별 인사를 하고 다시 돌아오지 못할 거라는 두려움을 안고서 그걸 내색하는 일 없이 떠나는 것에는 뭔가 오페라 같은 구석이 있었습니다.

이 무렵에 내 중개인으로부터 편지를 한 장 받았습니다. 하퍼스 출판사가 내 원고를 거절했다는 내용의 편지였어요. 그런데 그 편집자가 내 원고를 거절하면서 말하기를, 만약 내가 또 다른 작품을 쓴다면 그걸 검토해보고 싶다고 했다는 겁니다. 그렇게 해서 나는 마침내 작가가 되었습니다. 아니, 5년 후에 작가가 되었다고 말하는 게 옳을 것 같군요. 내가 작품을 다시 쓰기 시작해서 끝냈을 때까지 걸린 기간이 5년이었으니까요.

내가 다시 쓰기 시작한 소설은 『사냥꾼들』이었습니다. 나는 이 작품의 문체가 어떠할 것인지에 대해서는 처음부터 알고 있었으나, 어떤 형식으로 써야 할지에 대해서는 감을 잡지 못했어요. 줄곧 그 생각을 하고 심지어 글이 눈에 보이는 것 같은데도—즉, 글이 써지고 있는 모습이 눈에 선한데도—나는 적합한 형식을 찾지 못했습니다. 그러던 어느 날 그게 풀렸죠. 책상 앞에 앉아 지도의 여백에 소설의 각 장의 개요를 적었답니다. 원고가 완성되었을 때 출판사에서 그걸 받아주었고, 나는 또 다른 작품도 계약하게 되었습니다.

내가 좋아하는 작가는 면밀히 관찰할 줄 아는 작가입니다. 디테일이 전부인 것입니다. 글쓰기에서 내가 지향하는 바는 플로베르가 지향하는 것, 즉 '사실주의' '객관성' '문체'와 크게 다르지 않습니다. 그 자체만으로 존재하는 것이 아니라 마치 조화를 이루며 어우러지는 것이 유일한 목적인 것처럼 그렇게 서로 조화를 이루는 문장들, 그것이 내가 추구하는 바입니다. 한때는 완벽한 페이지들로 이루어진 책을 쓰고 싶다고 생각했지만 그것은 너무 억압적이라고 생각하게 되었어요. 나는 여전히 문체를 대단히 중시합니다. 오래 지속하는 것은 문체라고 나는 생각한답니다.

아내와 나는 비교적 최근 루앙에 있는 플로베르의 무덤을 찾아갔습니다. 그것은 순례 여행이었다고 난 생각한답니다. 실은 틈틈이 여러 작가들의 무덤을 찾아가보곤 했어요. 경의를 표하기 위해서라기보다는 그냥 그곳에 가서 생각을 좀 해보려고 말입니다. 윌라 캐더의 무덤은 아름답습니다. 그 무덤은 뉴햄프셔주, 그녀가 여름을 보내곤 했던 재프리센터라는 곳에 있어요. 그녀의 묘비에는 『나의 안토니아』에 나오는 다음과 같은 구절이 새겨져 있지요. **무언가 완전하고 위대한 것으로 녹아 들어 가는 것, 그것이 행복이다.**

플로베르의 무덤은 소박해요. 그의 무덤은 다른 무덤들 사이에 감추어져 있는 것처럼 보인답니다. 묘비에는 '여기 귀스타브 플로베르가 누워 있다'라는 것과 언제 루앙에서 태어나고 언제 죽었다는 내용만 새겨져 있습니다. 그의 진정한 기념비는 물론 사방에 널려 있습니다.

토머스 울프는—그가 죽어갈 때—그가 나중에 저버렸던 그의 첫 편집자 맥스웰 퍼킨스에게 편지를 썼습니다. 편지에는 참으로 애정 어린 그의 목소리가 담겨 있었죠.

3년 전 독립기념일에 우리가 보트에서 만났을 때처럼, 나는 항상 그런 식으로 당신을 생각하고 당신을 느낄 거예요. 그때 우리는 강변 카페로 가서 술을 마셨고, 나중에는 높은 빌딩의 꼭대기에 올라갔었죠. 모든 기묘함과 영광과 삶의 힘과 도시의 힘이 우리 아래에 있었어요.

여기서 강연을 멈추어야 할 것 같습니다.

다음번에는 어떻게 장편소설을 쓰는가에 관해 얘기해볼 생각입니다.

장편소설 쓰기

장편소설은 단편소설보다 깁니다. 바로 이 길이 때문에, 이 방대함 때문에 장편은 더 복잡하고, 우리가 사람이라고 부르는 인물들이 더 많이 등장할 기회를 가지게 되는—그것은 사실 의무입니다—것입니다. 대부분의 장편은 내러티브입니다. 즉, 형식 면에서 선적線的이고 연대순에 충실합니다. 시간의 흐름에 따라 앞으로 나아가거나 또는 앞뒤로 왔다 갔다 합니다. 내러티브가 이야기를 해주는데, 이야기는 핵심에 놓여 있습니다. 이야기는 근본적인 요소인 것입니다. E. M. 포스터는 영어로 쓰인 다소 낡아 보이는 이론서인 『소설의 이해』라는 책에서 이야기를 하는 것의 중요성에 대해 말한 다음, 가장 뛰어난 이야기꾼 가운데 한 명인 고관대작의 현명한 딸 셰에라자드의 기교에 대해 말합니다.

그녀는 위대한 소설가였다. 묘사는 절묘하고 판단력은 대범하며 지어낸 이야기는 기발하고 도덕성은 높고 인물 표현은 생동감 있고 동양의 수도 세 곳에 대한 지식 또한 해박하기 이를 데 없었다. 그럼에도 참을성 없는 남편으로부터 자신의 목숨을 구하려 했을 때, 그녀가 의지했던 것은 이러한 재능들이 아니었다. 그건 부차적인 것들이었다. 그녀가 살아남았던 유일한 이유는 남편인 왕으로 하여금 다음에는 무슨 일이 일어날까 하는 궁금증을 계속 유지하게 했기 때문이다. 그녀는 흥미가 치솟는 것을 볼 때마다 도중에 이야기를 멈추고 넋을 잃고 귀 기울이는 왕을 그 상태 그대로 가만히 내버려두었다. 이 시점이 되면 셰에라자드는 아침이 밝아오는 것을 보았고, 그러면 현명하게도 더 이상 이야기하지 않고 입을 다물었다.

이 마지막 구절, 즉 "셰에라자드는 입을 다물었다"는 포스터가 언급했듯이 『천일야화』의 근간입니다. 다음 이야기는 어떻게 될까 알고 싶어 하는 열망이, '오, 계속 얘기해줘'라는 것이 문학의 엔진인 것입니다.

플롯은 이야기 이상의 것입니다. 플롯에는 인과관계적인 요소와 놀라움의 요소가 담겨 있습니다. 『롤리타』의 이야기는 간단합니다. 험버트가 롤리타를 발견하고, 롤리타를 유혹하고, 롤리타가 딸인 것처럼 가장하며 여행을 다니고, 얼마간 역겹지만 매혹적인 상황이 전개되고, 롤리타를 저수에게 탈취당합니다. 험버트는 추적하여 그들을 찾아내고, 그 나쁜 도둑놈을 총으로 쏘아 죽입니다. 하지만 플롯은 이런 간단한 이야기를 넘어서는 것입니다. 많은 희극적인 요소가 있고, 동기가 점진적으로 드러나고, 모든 것을 고조시키는 괴상한 일들이 있는 것이 플롯입니다. 『롤리타』는 처음에는 독자들로부터 오해를 받았는데, 충분히 있을 수 있는 일이었지요. 그러다가 그레이엄 그린에 의해 외설적인 작품 취급을 받거나 음란물 서가에 꽂힐 위험으로부터 구제되었습니다. 그레이엄 그린이 〈타임스〉에 실린 자신의 도서 목록에서 『롤리타』를 그해 최고의 책세 권 가운데 하나로 올렸고, 그리하여 좋은 문학작품으로 인정을 받게 된 것이죠. 당시 나보코프는 거의 알려지지 않은 작가였습니다.

나는 오늘 저녁 장편소설을 쓰는 것에 관해 얘기하려고 합니다. 하지만 그것은 여러분이 쓰려고 생각하는 소설 또는 이미 쓰기 시작했거나 반쯤 써나간 소설에 대한 것이 아닐 거라는 점을 미리 말씀드려야 할 것 같습니다. 내가 하고자 하는 얘기는 실은 특정한 사람들의 소설에 관한 것입니다. 그러다 보면 소설을 어떻게 쓰는가 하는 것에 관해서 많은 것을 가르쳐주지는 않을 겁니다.

사실 나는 누가 여러분에게 소설 쓰는 법을 가르칠 수 있다고 생각하지 않아요. 설령 그럴 수 있는 사람이 있다 해도 한시간 만에 가르칠 수는 없겠지요. 소설을 쓰는 것은 어렵습니다. 착상이 있어야 하고, 인물이 있어야 해요. 부수적인 인물들은 써나가는 동안에 나타나겠지만 말이에요. 그리고 이야기가 필요합니다. 형식도 필요해요. 예컨대 이런 것들이죠. 분량은 얼마나 될 것인가? 긴 단락으로 쓸까? 아니면 짧은 단락?

누구의 시점으로 쓸까? 초점에 집중하는 작품인가, 아니면 사방으로 퍼지는 작품인가? 얼마나 밀도 있게 쓸 것인가? 형식을 생각해냈다면 소설을 쓸 수 있습니다. 또한 문체가 있어야 합니다. 문체. 작가로서 어디에 서 있는가 하는 것입니다. 글쓴이의 편향 그리고 도덕적 입장입니다. 이 작품이 어떻게 읽혀야 하는가 하는 것입니다. 그러고 나면 첫 부분이 필요합니다. "두 산맥이 그 공화국의 남북을 가로지르고……." 가라앉은 어조로 시작되는 『화산 아래서』영국 작가 맬컴 라우리가 1947년에 발표한 소설 주인공인 영국 영사의 마지막 시련의 첫 구절입니다. 첫 부분은 극히 중요합니다. 나는 앞에서 『무기여 잘 있거라』의 첫 부분을 언급했습니다. 그 첫머리 문장들에 아주 많은 것이 담겨 있지요. 그들이 현재는 거리를 두고 있거나 혹은 도망치고 있는 전쟁이 담겨 있고, 지금은 전쟁의 위험에서 대피해 있지만 그들의 운명은 그 전쟁과 밀접하게 관련되어 있다는 사실이 담겨 있습니다.

가브리엘 가르시아 마르케스는 "가장 어려운 일 중 하나는 첫 단락을 쓰는 것"이라고 했습니다. 첫 단락을 쓰는 데 수개월이 걸렸다고 했지만, 일단 첫 단락을 쓰고 나면 나머지는 쉽다고 했습니다. 마르케스는 문체를, 어조를 가지고 있었습니다. 그러나 문제는 어떻게 시작하여 그걸 전달할까 하는 것이었어요. 첫 단락은 작품의 나머지 부분은 어떠할 것인지를 보여주는 본보기였습니다.

첫 부분을 어떻게 시작할 것인가. 그게 해결되고 나면 순차적으로 또는 순서를 뒤바꿔서 쓰는 글들이 한 장면 한 장면씩, 한 페이지 한 페이지씩 끝까지 이어지게 됩니다. 그것은 긴 작업입니다. 작가는 장면이나 일련의 사건들, 감정을 시각화하여 가능한 한 완벽하게 그것을 써내고자 하는 욕구에 지속적으로 직면하게 됩니다. 종종 표현할 수 없는 것을 작가 자신으로부터 끄집어내서 이러한 시도를 하다가 실패하는 경우가 많지요. 어떠한 현상에는 많은 양상이 있습니다. 아주 많은 양상이 있죠. 결국에는 그중 적어도 하나를 어떤 직선적인 방식으로 한 단어 한 단어씩, 작가가 거의 흥미를 잃어버릴 정도까지 적어 내려가야 합니다. 언제나 선택의 여지가 너무 많거나 또는 없거나 합니다. 가능한 방법은 없습니다. 처음에는 어디에서든 글을 쓸 수 있습니다. 하지만 아주 많은 시간을 글쓰기에 사용해야 하고, 생활 대신 글쓰기를 해야 합니다. 뭔가를 얻어내려면 아주 많은 것을 글쓰기에 바쳐야 해요. 그렇게 해서 얻어내는 것은 아주 소소한 것일 뿐입니다. 하지만 그건 의미 있는 거죠. 세상에 확립된 가치가 있는 건 아닙니다. 여러분은 많은 것을 바쳤지만 얻은 것은 별것 없습니다. 거의 아무 대가 없이 그 모든 것을 한 것입니다. 저스틴이 처음엔 면 셔츠 하나를 얻으려 성관계를 갖듯이 말입니다.

정말로 그렇다 해도, 글쓰기가 그토록 어렵고 거의 모든 사람의 경우에 글쓰기로 얻는 것이 아주 적고 벌이도 시원찮다고 해도…… 실제로는 글쓰기가 돈을 버는 한 가지 방법일 수 있습니다. 그걸 시작하는 데 언어에 대한 감각 이외에는 아무것도 필요치 않잖아요. 그런데 글을 쓰게 하는 욕구는 뭘까요? 왜 글을 쓸까요? 그게 핵심입니다. 왜 쓰는가?

장편소설 쓰기

음, 즐거움을 위해서일 수 있겠지요. 한데 즐거운 것은 분명하지만 아주 큰 즐거움은 아니랍니다. 그렇다면 남을 즐겁게 해주기 위해서일 수 있겠죠. 나는 때때로 어떤 사람을 생각하며 그런 마음으로 글을 쓰기도 했습니다. 하지만 남들에게 존경받기 위해, 사랑받기 위해, 칭찬받기 위해, 널리 알려지기 위해 글을 썼다고 말하는 것이 더 진실할 것입니다. 결국은 그게 유일한 이유입니다. 결과는 그것과 거의 상관없습니다. 그 이유 중 어느 것도 강한 욕망을 불어넣지는 못합니다.

나는 늘 프랑스의 옛 연극평론가 폴 레오토를 생각합니다. 빈곤하게 살다 간 그는 거의 잊힌 인물이지요. 말년에는 고양이 10여 마리와 함께 혼자 살았는데 그가 이런 글을 남겼습니다. "글을 쓴다는 것은 얼마나 멋진 일인가!"

여러분은 자기 인생의 영웅입니다. 여러분의 인생은 여러분만의 것이고 흔히 첫 번째 소설의 기초가 됩니다. 그 어떤 이야기도 자신의 이야기만큼 잘 쓸 수 있는 것은 없지요. 필립 로스가 쓴 첫 번째 책은 『굿바이, 콜럼버스』인데, 그것은 자신의 얘기와 젊은 시절 뉴저지에 사는 여자와 나누었던 사랑 얘기를 쓴 것입니다. 그의 삶에서 그 부분은 이야기고, 그 이야기의 뒤얽힌 관계가 플롯을 이루는 거랍니다.

볼테르는 예순다섯 살에 사회에 대한 논평으로서 『캉디드』란 소설을 뚝딱 써냈습니다.

시어도어 드라이저는 1899년 여름 오하이오주 모미에 사는 아서 헨리라는 친구를 방문했습니다. 헨리는 열심히 소설을 쓰고 있었답니다. 자네도 소설을 한 편 써보지그래? 그가 드라이저에게 권했습니다. 드라이저는 자리에 앉아서 종이 한 장을 꺼내 맨 위에 '시스터 캐리'라고 썼다는군요.

드라이저는 인디애나주 워소에 사는, 아이들이 열 명이나 되는 가난한 집안 출신이었습니다. 자상한 학교 선생님 한 분이 그의 대학 입학금을 내주었지만 결국 그는 대학을 마치지 못했습니다. 그의 누이 두 명은 임신을 해서 몰래 집을 나갔습니다. 드라이저는 시카고 슬럼가에서 수금원으로 일했죠. 하지만 그는 탐욕스럽도록 관찰력이 예리한 눈을 가지고 있었으며 신문에서 읽은 것들에 자극을 받곤 했습니다. 그는 작품들을 신문사에 투고했고 머잖아 성공적인 작가가 되었습니다. 이어 잡지 편집자가 되고 신문기자가 되었어요. 드라이저는 스물여덟 살 때 『시스터 캐리』를 쓰기 시작했습니다. 그는 아무 계획 없이 글을 써나갔고 그게 어떤 작품이 될 것인지도 잘 몰랐습니다. 단지 자신이 살아온 삶으로 돌아가서 기억을 더듬어 겁 없이 소설을 전개해나갔을 뿐입니다. 그 작품을 쓰는 데 4개월이 걸렸습니다. 형편없는 작품이라고 생각하고 나서 그걸 포기했던 일까지 포함해서 말입니다. 하지만 그는 잃을 게 별로 없었지요. 『시스터 캐리』는 이윽고 소설의 세계에 출간되었습니다. 그 작품에서 모티프로 채택한 덕목은 맹렬한 비난을 받았으나 결국엔 승리했습니다. 그 책은 도덕적인 이유로 곧 발행하지 않게 되었죠. 드라이저는 시카고, 세인트루이스, 피츠버그, 뉴욕 같은 많은 도시들의 복잡다단한 현실과 거친 상업주의의 세계를 알고 있었습니다. 그는 니체, 발자크, 졸라를 읽었고 초인에 관한 모호한 개념과 돈의 신, 돈의 왕에 대한 생각에 깊이 빠져들었습니다. "드라이저는 비루한 자아가 사랑받기 위해서는 영광의 옷을 입어야 한다는 것을 알고 있었다"라고 로버트 펜 워런Robert Penn Warren. 미국 시인·소설가이 말했는데, 그 야망이 평생 드라이저의 마음속에서 타올랐습니다. 그는 노벨문학상 수상을 놓쳤고, 대신 수상의 영예가 싱클레어 루이스에게 돌아갔지요. 드라이저는 내용이 중복되고 저속하며 노골적이고 불성실한 나쁜 작가였습니다. 하지만 그는 또한 집요하며 아이디어가 풍부한, 대단한 이야기꾼이었지요. 또한 빈곤 계층 출신으로는 최초의 미국 작가이기도 합니다. 새뮤얼 클레멘스마크 트웨인의 본명도 그러했지만, 클레멘스는 좀 달랐어요.

나는 왜 드라이저에 대해서 이렇게 많은 말을 하고 있는 걸까요? 삶의 물질적 기반이 근원적인 진실이라고 믿는 강하고 크나큰 존재이기 때문에? 그 때문이 아닙니다. 그가 쓴 작품은 그가 살아온 삶과 아주 비슷하고 그가 겪은 도시, 술집, 식당, 사창가, 성공과 실패, 실패에 대한 두려움 등과 아주 흡사해서 그가 무엇을 덧붙여서 자신의 삶과 경험을 소설로 만들었는지 알기 어렵답니다. 중요한 것은 질서에 대한 그의 전망이고, 뚫기 어려운 사회계층을 뚫고 올라가서 자리를 잡고자 하는 밑바닥 삶에 대한 그의 지식이에요.

존 오하라는 의사의 아들이었습니다. 하지만 그는 늘 자신이 빈곤층 출신이라고 생각했답니다. 그는 프린스턴이나 예일 대학에 가지 못한 것에 대해, 자기는 그런 사람들과는 '다른 사람'이라는 사실에 대해 매우 민감했어요. 그는 신문기자였고, 그 역시 드라이저처럼 인간 행동에 대한 냉철한 지식에 걸맞은 면밀한 관찰 습관을 키워나갔습니다. 글솜씨와 이야기에 대한 감각 또한 신문기자 생활의 장점이지요. 오하라의 단편소설에는 수많은 인물이 등장합니다. 그는 보통 등장인물을 알기 위해 또는 묘사하기 위해 그리 많은 수고를 하지 않습니다. 그의 방법은 다음과 같아요. 그는 타자기에 종이 한 장을 넣고 두 사람의 얼굴을 생각하죠. 기차 안에서 그 두 사람을 보았는데 그들에 관해서는 아무것도 모르는 상황일 수 있습니다. 오하라는 그 두 사람을 식당에 함께 넣거나 비행기에 태우기도 합니다. 그러고 나서 이야기를 시작하게 합니다. 처음 한두 페이지에서는 잡담을 하는데, 그러면 그 인물들이 활기를 띠기 시작하죠. 전부 대화를 통해서입니다. 인물들이 서로 번갈아가며 얘기를 할 때 뭔가 의미심장한 말을 하게 되면 그때부터는 오하라가 얼마나 깊이 자신의 인물들에 관심을 기울이고 싶어 하는가 하는 문제일 뿐입니다. 그는 대화를 탁월하게 구사하는 작가였고 모욕적인 언동과 미묘한 사회적 차이—아무개가 사회계층의 어디에 위치해 있는가 하는 것—를 능숙하게 다루는 작가였으며 이야기를 자유자재로 만들어내는 작가였지요.

자신의 소설에 나오는 인물에 관한 한 오하라는 매우 성실했으며, 온전히 그려내려 애썼습니다. 인물에 관한 모든 디테일이 거기 있죠. 옷이 있고, 아마도 그 옷을 구입한 가게도 있을 것입니다. 그리고 습관, 장점, 결점이 있습니다. 독자들은 매우 구체적인 그림을 얻게 되지요. 실제로 눈에 보일 정도예요.

장편소설 쓰기

주 경찰관의 가죽 권총집과 장갑, 모자, 경찰관이 어디에 주차했는지, 그 이유는 무엇인지, 그가 누구에게 굽실거리는지, 그가 누구에 관한 지저분한 사실들을 알고 있는지 등등을 실감나게 보여줍니다. 독자는 오하라가 그리는 모든 사회를 보고, 이러한 깊은 편견과 예기치 않은 발언의 결과가 무엇일지 생각하며 약간 몸을 떨게 되지요.

이 사람들은, 소설 속의 이 인물들은 현실에서 취한 인물들일까요? 이들은 육체적으로나 다른 어떤 방식으로나 실제 인물에 기반을 둔 것일까요? 이들의 행동과 말 또는 말버릇은 현실에서 취한 것일까요? 여러분은 알고 있을 것입니다. 물론 작가들 중에는 이런 문제에 민감해서, 그러한 것들을 현실에서 취하는 것은 예술을 포기하는 행위인 것처럼 여기는 사람들이 항상 있지만 말이에요. 소설 속의 많은 인물들, 혹은 대부분의 인물들은 당연히 현실에서 가져온 인물들입니다. 그대로 가져온 게 아니라 해도 아주 많은 부분을 가져온 인물들인 것입니다. 조금만 조사해봐도 그에 대한 의문이 풀릴 겁니다. 솔 벨로는 자신의 소설 속 인물들은 실제 인물들에 기반을 두고 있으며, 거기에다 언제나 뭔가를 덧붙인다고 말했습니다. 그 인물들에 좀 더 정신적인 면을 부여한다고 했죠. 칼럼 매캔의 서명이 쓰여 있는 책이 초판본 경매에 나온 적이 있습니다. 책에는 으레 다음과 같은 글이 인쇄되어 있지요. "이 책의 내용은 허구이며 이 책에 나오는 이름, 인물, 장소, 사건 들은 작가의 상상의 산물이거나 허구적으로 사용된 것입니다. 따라서 실제 사건이나 장소 그리고 생존해 있거나 고인이 된 실제 인물들과 어떤 유사점이 있다면 그것은 순전히 우연일 뿐입니다"라고 주장하는 글 말입니다. 그런데 바로 이 글 옆에 칼럼 매캔은 "헛소리"라고 써놓았답니다.

작가들은 언제나 자신들이 필요로 하는 것을, 때로는 필요로 하는 것 이상을 현실에서 취해왔습니다. 결과는 상황에 따라 다릅니다. 어떤 사람들은 자신이 책에 등장하는 것을 좋아하지요. 물론 어떻게 묘사되었느냐에 달려 있지만 말이에요. 또 어떤 사람들은 남들이 추정한 자신의 모습이 대중 앞에 노출되는 것에 불쾌해하거나 격노할 수도 있습니다. 거물 정치인은 제쳐놓고 말입니다. 우리에겐 풍자할 수 있는 권리가 있어요.

내 첫 작품 『사냥꾼들』에 나오는 이기적인 조종사는 내가 잘 아는 소위를 기반으로 하여 그려낸 인물인데, 그 사람이 그 책을 읽은 게 틀림없어요. 60년도 더 된 오랜 세월이 흐른 뒤 〈뉴요커〉의 사실 확인 팀이 그가 플로리다주의 한 지역에서 산다는 것을 알아내고는 그에게 전화를 했답니다.

"여보세요." 어정쩡한 목소리의 노인이 전화를 받았습니다.

"안녕하세요. 선생님이 제임스 로 씨입니까?"

"맞아요. 누구시죠?"

그녀는 〈뉴요커〉의 사실 확인 팀 담당자라고 신분을 밝히고 나서 몇 가지만 물어봐도 되겠느냐고 말했습니다.

"난 마티니를 만들고 있는 중이에요." 그가 말했습니다. "얘기하세요."

"선생님이 한국에서 전투기를 몰았던 그 제임스 로 씨인지 알고 싶습니다."

"맞아요."

"제임스 설터 씨를 아십니까?"

"**그 양반**, 아직 살아 있나요?" 제임스 로가 말했습니다.

소설을 쓰는 일은 긴 과정―사람과 장소 등―이고, 그 모든 것을 머리에 담아두는 것은 가능하지 않습니다. 세부적인 사항이 너무 많기 때문이죠. 앤터니 파월Anthony Powell은 이렇게 말했습니다. "소설가는 엄청난 지구력이 있어야 한다. 소설가는 오랜 기간에 걸쳐 매우 지루한 일들을 많이 해야 한다. 만약 소설가가 그렇게 하지 못한다면 세상의 모든 상상력은 소용이 없을 것이다. 그것은 인생의 다른 모든 것들과 마찬가지로 용기의 문제다."

소설가는 누가 어디에 있는가, 무슨 일이 일어났는가 하는 것들 외에도 많은 것을 계속 파악하고 있어야 합니다. 내가 이 말을 전에 했던가? 그걸 쓰는 것을 깜박 잊어버린 것은 아닐까? 이 특정한 단어를 너무 많이 쓴 것은 아닐까? 단어에 따라서는 책에 한 번만 나오는 것으로도 충분할 수 있습니다. 벽에 메모 쪽지를 붙이거나 대강의 줄거리에 메모를 첨부하는 것도 피할 수 없는 일입니다.

인도 육군의 장군이었으며 나중에 소설가가 된 존 매스터스John Masters는 자신의 작품에 나오는 모든 인물들의 전기적 사실과 묘사를 커다란 색인 카드에 기록해두었습니다. 언제든 필요할 때 호출할 수 있도록, 그리고 인물들이 일관성을 유지하도록 말입니다. 루이페르디낭 셀린은 전쟁 후 파리 외곽 뫼동에서 살 때 부엌 탁자에서 일했는데, 그 위로는 빨랫줄을 쳐 놓았습니다. 그 빨랫줄에 그가 쓰고 있는 작품의 원고를 장별로 걸어놓았던 거예요. 그는 그 무렵에는 영락한 사람이었지요. 나치에 협력한 탓에 전쟁 후 감옥살이를 했고 국가의 수치로 낙인찍혔으니까요.

1930년대에 셀린은 눈부신 별이었습니다. 유성 같은 존재였지요. 『외상 죽음Death on the Installment Plan』에 이어 『밤 끝으로의 여행』을 출판한 뒤로 눈부시게 휘황한 별이 되었던 겁니다. 셀린은 제1차 세계대전에서 부상을 당했으며 이후 의대에 진학했습니다. 그리고 의사가 되어 가난한 사람들을 위한 진료소에서 일했어요. 그는 평범한 사람들에 대한 이상주의와 동정심이 아주 강했으며 충분히 신뢰할 수 있을 만큼 정직했습니다. 그는 또한 열렬한 반유대주의자였지요. 전쟁 전에 그가 쓴 소책자들은 지금은 한 부도 찾을 수 없지만 매우 비도덕적인 내용이 담겨 있답니다.

그러나 그는 새로운 문체의 글쓰기를 만들어냈습니다. 그것은 언어의 습격 같은 것이었지요. 저속함, 거리의 속어, 외설적인 말, 욕설 등을 포함한 언어가 독자의 기를 죽이며 터져 나오고, 그 말들은 반복되는 말줄임표에 의해 구분됩니다. 나는 문체에 대해 얘기하고 있습니다. 셀린은 "관념은 아무것도 아니다"라고 말했습니다. 관념을 원한다면 백과사전을 들춰 보면 됩니다. 백과사전은 관념으로 가득 차 있으니까요. 메시지나 의미에 대해서도 같은 말을 할 수 있습니다. 셀린은 이렇게 말했지요. "관념이나 메시지는 내 영역이 아니다. (…) 나는 문체를 중시하는 사람이다." 그의 목소리는 새로운 목소리였고, 문체는 눈부시게 새로웠습니다. 그 문체는 신랄하고 염세적이고 허무주의적이었으며 죽음의 무도 같은 것이었어요. 이상주의와 극단적 냉소주의가 뒤얽힌 것이었죠. 그는 1인칭 시점으로 글을 썼습니다. 자신의 글에서 벗어날 수 없었습니다. 그의 글의 대담함은 글에 묘한 해방감을 부여했고, 그의 과장법은 글을 재미있게 만들었지요.

『외상 죽음』에서 주인공 페르디낭은 파리 북역에서 기차를 기다리고 있습니다. 어머니가 그를 껴안습니다.

> 나는 몹시 부끄러웠다. (…) 어머니가 북받치는 감정으로 나를 힘껏 껴안는 통에 나는 비틀거렸다……. 그럴 때 어머니의 볼품없는 몸뚱이에서 솟구치는 애정은 한 마리 말처럼 격렬했다……. 이별에 대한 생각이 미리 어머니를 담금질해놓은 것이다. 몰아치는 돌풍이 어머니를 뒤집어놓아서 마치 어머니의 영혼이 엉덩이에서, 눈에서, 배에서, 젖가슴에서 쏟아져 나와 사방에서 나를 뒤덮고 온 역을 환하게 비추는 것만 같았다……. (…) 감히 말하진 못했지만 한편으로는 궁금했다……. 나는 어머니의 격한 감정의 분출이 얼마나 계속될 수 있을지 알고 싶었다……. 어머니는 어떤 역겨운 심연에서 이 모든 감상적인 감정들을 퍼 올린 것일까?

페르디낭은 구원받지 못했습니다. 그는 공공연한 아웃사이

더로 남아 있습니다. 그는 여자들이 사랑에 빠지지 않을 수 없는, 너무 치명적이어서 다 이해할 수 없는 유죄판결을 받은 살인자입니다.

셀린은 작가는 자신이 쓴 것에 대한 대가를 지불해야 한다고 생각했습니다. 공짜로 얻을 수는 없다는 거죠. "작가는 대가를 치러야 한다. 지어낸 이야기는 아무 가치도 없다. 자신이 대가를 지불한 이야기만이 중요한 것이다. 대가를 지불하면 그제야 그 이야기를 변형할 권리가 생기게 되는 것이다."

그리고 허무주의도 비용을 치러야 합니다.

"혼자일 때가 오게 된다." 셀린은 자기한테 실제로 그런 일이 생기기 오래전에 이렇게 썼습니다. "모든 게 끝장에 이른 때가 올 수 있는 법이다. 그건 세상의 끝이다. 슬픔조차, 자신의 커다란 슬픔조차 더 이상 자신한테 응답하지 않는다. 당신은 왔던 길을 되짚어가서 사람들 사이로 되돌아가야 한다. 그들이 누구든 상관없다."

작가들은 교유하고 제안함으로써 각자의 재능이 서로를 자극하여 서로 이익을 얻는다는 느낌이 듭니다. 이것은 작가들의 우정에 의해서, 또는 작가 그룹이 서로 가까이 지내는 데서 형성된 느낌입니다. 이것은 아마도 화가들에게 더 들어맞는 얘기일 테지만 아무튼 셀린의 경우에는 맞지 않는 얘기입니다. 셀린은 아프리카 여행도 혼자 떠났고 전쟁 후에는 미국 여행도 혼자 했으며 삶의 마지막 나날도 혼자였으니까요.

일반적으로 중요한 책들은 처음부터 중요한 책이 되려고 쓰인 게 아닙니다. 나중에 중요해지는 거예요. 내가 말하는 중요하다는 것은 사람들이 그 책에 대해 많이 생각하고 많이 언급한다는 것을 뜻합니다. 나는 『호밀밭의 파수꾼』이 중요한 책이 되려고, 삶을 바꿔주거나 의미심장한 책이 되려고 쓰였다고는 생각할 수 없습니다. 그 책은 단순히 마음에서 우러나온 것을 썼을 뿐이라고 믿어요. 하퍼 리가 실제로 어떤 마음이었는지는 모르지만, 『앵무새 죽이기』에는 중요한 책이 되게 하려고 의도한 흔적이 담겨 있지 않습니다. 피츠제럴드는 자신의 모든 책이 중요하다고 생각했답니다. 『위대한 개츠비』는 214쪽밖에 되지 않는 얇은 책인데 그는 자신의 더 두꺼운 책들과 같은 가격을 매겨야 한다고 출판사에 주장했습니다. 『마의 산』은 그 중요성을 마음속에 잘 간직하고 쓴 책으로 보입니다. 특히 토머스 만을 안다면 말입니다. 올곧고 수양이 잘 된 노작가 아센바흐와 폴란드 귀족 집안의 아들인 열네 살 미소년 타치오가 등장하는 토머스 만의 중편소설 「베네치아에서의 죽음」은 확실히 그 중요성을 염두에 두고 쓴 작품입니다. 『베네치아에서의 죽음』은 철학적인 작품이에요. 두 개의 가장 근본적인 주제인 사랑과 죽음을 다룬 진지하고 음울하고 시적인 작품이지요. 아센바흐는 소년에게 말을 걸지도 않아요. 신체적 접촉은 더더욱 없습니다. 바이런의 베네치아, 엘레오노라 두세 Eleonora Duse. 이탈리아 여배우의 베네치아, 햇빛이 비치는 조그만 광장들, 길게 이어진 운하, 운하 옆으로 지나가는 거대한 궁전들, 짙은 검은 빛깔의 조용한 곤돌라……. 아센바흐는 자신은 그곳 베네치아로 갈 '운명'이었다는 것을 깨달았으며, 에로틱하면서도 낙담스러운 기분에 휩싸인 채 잠재의식의 밑바닥에서 거기서 죽을 운명이었다는 것을 깨달았습니다. 운명이 부지불식간에 한 인간을 죽음과 만나게 하려고 보낸 또 다른 장소가 나오는 존 오하라의 소설 『사마라 마을의 약속Appointment in Samarra』을 떠올리지 않을 수 없군요. 『사마라 마을의 약속』 첫머리 제사題詞에 바그다드의 한 상인의 하인이 시장에 갔다가 '죽음'을 만나서 놀란 나머지 이를 피하려고 사마라로 도망을 가는데, 사실 죽음은 그날 밤 사마라에서 그 하인을 만나기로 되어 있었고, 그를 바그다드에서 보게 되어 자신도 놀랐다는 내용이 나온다.

플라어티Robert J. Flaherty. 미국 영화감독. 기록영화의 창시자가 말했듯이, 모든 이야기는 해당 장소에 대한 주제인 것입니다.

트루먼 커포티의 『인 콜드 블러드』는 캔자스 주의 밀밭을 배경으로 펼쳐집니다. 중심인물인 형사가 있고 실제로 범죄가 일어났습니다. 커포티는 우연히 신문에서 이 사건을 다룬 비교적 짤막한 기사를 읽었지요. 그 기사가 강렬한 흥미를 불러일으켰습니다. 충격적이었습니다. 다른 일반 범죄보다 더 끔찍한 것은 아니었지만 한결 더 난폭해 보였어요. 밤중에 한 농가에 침입자가 나타나고, 그 집 가족들은 한 명 한 명 살해됩니다. 마지막 희생자인 어린 딸은 잠자리에 누운 채 엽총 소리를 듣고 그 소리가 무얼 의미하는지 알게 되는데, 두 남자가 자신이 누워 있는 위층 방으로 올라옵니다. 커포티는 집필에 착수했고 수사가 진행되고 있을 때 그 작품을 썼는데 그게 플롯을—플롯 이상의 이야기를—제공해주었지요. 그 작품은 사건 기록으로 읽히기보다는 소설처럼 읽히는 게 틀림없는 사실입니다. 소설의 어조와 리듬을 가지고 있죠. 이 작품의 매력 가운데 일부는 "우연이 내게 필요한 것을 제공한다"라는 조이스의 말처럼 결말 없이 쓰면서 대담하게 계속 나아가는 것입니다. 하지만 다행스럽게도 예기치 않게 결말이 찾아왔습니다. 살인자들이 붙잡힌 거죠. 그리고 그 이상의 더 깊은 결말이 있습니다. 작가가 그들이 처형당하기까지 그 모든 오싹한 과정에 참여하고, 그 와중에 살인자들에 대한 작가의 동정심이 우리에게 흘러들 때 정서적으로 강력한 결말이 생겨나게 되지요.

알렉산드리아는 로런스 더럴의 네 편의 연작소설『알렉산드리아 사중주』를 말함의 핵심 요소입니다. 그곳은 햇빛이 고운 오래된 도시로 긴박함이 없고 도무지 알 수 없는 곳이지만 그곳의 역사와 전설이 우리를 사로잡습니다. 심지어 등장인물들의 이름―저스틴, 발타자르, 네심, 마운트올리브―조차 고대 세계의 이 후미진 곳 이외의 장소에서는 만나기 힘든 이름들입니다. 발타자르는 성경에서 나온 이름입니다. 마운트올리브도 그렇습니다. 네심은 왕자의 이름입니다. 그리고 나이 많은 시인인 카바피스는 알렉산드리아의 시인으로 불립니다.

솔 벨로의 소설은 시카고를 배경으로 합니다. 작가는 그걸 미리 알리죠. "나는 시카고 태생의 미국인이다" "굳이 나를 알고자 한다면 그렇게 알아라". 오기 마치가 뽐내듯이 말합니다. 솔 벨로의 가족은 캐나다에서 왔습니다. 캐나다에서 벨로의 아버지는 주류 밀매업자였죠. 그들은 코르테스가의 아파트 2층에서 살았습니다. 그리고 "바로 옆집에 내가 『오기 마

치의 모험』을 쓰고 있을 때 마음속으로 그리고 있던 소년이
살았다"라고 벨로는 말합니다. 시카고에서 사람들이 빵집에서
일하거나 소규모 목재 사업, 석탄 사업 등등을 할 때 스물한
살의 솔 벨로는 시카고의 새어머니 아파트 뒷방에서 카드놀이
용 탁자에 앉아 소설을 썼던 겁니다.

『부덴브로크가의 사람들』토머스 만이 자신의 집안 이야기를 바탕으
로 쓴 소설에는 견고한 상업적 위엄이 서린 뤼벡이라는 도시가
있고『화산 아래서』에는 술집이 많고 길이 구불구불한 쿠에르
나바카Quauhnahuac가 있지요. 이러한 장소들은 단순한 장소
가 아니라 독자 여러분에게 다른 어디에도 존재하지 않는 익
숙한 현실이 되는, 운명적으로 미리 정해진 건물이고 길이고
이름인 것입니다.

우리는 그러한 것, 그러한 장소들로 돌아갈 수 없습니다. 그
것들이 마치 인도의 강변에 자리 잡고 생겨났다가 1000년 후
에 사라진 커다란 도시들처럼 사라져버렸기 때문이죠. 물론
그러한 것들은 쇼핑몰로, 크로뮴과 유리로, 체인 호텔로 바뀌
었을 뿐이지만 말입니다. 음, 이 말은 변화가 별로 없는 이집트
에는 해당되지 않을 것 같군요.

나는 앞에서 폴 레오토를 언급했습니다. 그는 두려운 평론
가이자 표준의 수호자였으며 자신의 판단에 엄격했지요. 결국
엔 시대를 따라가지 못해 시대에 뒤떨어진 사람이 되었지만
말이에요. 그는 고양이들과 함께 사는 늙은이가 되었으며, 가
난뱅이의 옷 같은 누추한 옷을 걸친 모습은 남세스러워 보였
답니다. 그런데 말년에 정말 예기치 않게 일종의 유명 인사가

되었답니다. 아주 짧은 기간이긴 하지만 텔레비전에 출연하여 옛 명성을 회복한 거예요. 수백 쪽 되는 그의 일기는 사후에 출판되었습니다. 오랫동안 기다린 다음에야 출간된 것인데, 그 이유는 레오토가 악의적이고 무분별한 면이 있으며 또한 그의 오랜 정부이자 골칫거리였던 마리 캐기악을 매주 방문했던 일에 관한 에로틱한 내용들이 일기에 자세히 담겨 있다고 알려졌기 때문입니다. 내 기억으로 그는 그 여자를 '흑표범'이라고 불렀어요.

그의 소설에 관심을 가진 것이야 이해가 되지만, 내가 그 밖의 다른 무슨 이유로 레오토에게 관심을 가졌는지는 기억나지 않는군요. 아무튼 나는 그의 일기—물론 프랑스어로 쓰였습니다—를 읽기 시작했고, 그 책은 아직도 나의 책장 어딘가에 놓여 있습니다. 그와 동시에 나는 좀 더 재미있는 『생시몽 공작 회고록』루이 드 생시몽이 자신의 경험과 관찰을 바탕으로 루이 14세와 베르사유궁전 생활에 대해 쓴 책을 읽기 시작했지요. 결국 사람들은 루이 14세 시대의 베르사유 궁정이나 전쟁 전 파리 지식인의 세계에서 벌어진 일에만 많은 관심을 기울일 수 있을 겁니다.

우리 부부는 배우인 월리 숀Wallace Shawn과 그의 아내 데버러 아이젠버그와 친구입니다. 몇 년 전, 우연히 우리 집에서 가까운 극장가인 46번가 모퉁이에 있는 어떤 식당을 아느냐고 그들에게 묻게 되었습니다.

"그곳을 아느냐고요? 우린 자주 그곳에 가는걸요. 뉴욕에서 가장 힘센 사람이 늘 거기서 식사를 한답니다. 우린 그 사람 탁자 옆을 걸어가기만 해도 겁이 나요."

"가장 힘센 사람? 그 사람이 누군데? 마피아?"

"프랭크 리치." 그들이 말했습니다.

"프랭크 리치?"

"〈타임스〉의 최고위 영화비평가예요."

"자네는 프랭크 리치를 두려워해?"

"그 사람은 뉴욕을 좌지우지해요." 그들이 말했습니다. "그는 우릴 죽일 수도 있어요."

레오토가 그처럼 힘센 사람이었는지의 여부에 대해선 모릅니다. 그러나 그는 내 마음속에 남아 있는 많은 말들을 했지요. 그 가운데 하나는 이겁니다. 선택하는 법을 알아라. 그는 또 이런 말도 했습니다. 당신의 언어는 당신의 나라다. 나는 이 말에 대해 아주 많은 생각을 했습니다. 그걸 거꾸로 말할 수도 있을 것 같았어요. 당신의 나라는 당신의 언어다, 라고 말이에요. 두 경우 모두 비슷한 의미예요. 둘 다 우리의 진정한 나라는 지리적인 것이 아니고 언어적인 것이라는 의미죠. 또는 우리가 실은 언어 속에서, 아마도 모국어 속에서 살고 있을 거라는 의미입니다. 애국심이 아닌 삶에 대한 충심은 언어에 있습니다.

나는 언어를 존중합니다. 지나치게 존중하는 편일 것입니다. 나는 언어에 민감하죠. 그리고 언어로 기억한다고 생각해요. 뿐만 아니라 기억에 스며들고 사실상 기억을 구성하는 즉각적인 심상으로도 여기는 것 같아요. 심상은 엄청 빠르고 순식간에 다른 심상을 대체할 수 있어서 만약 심상이 물리적으로 존재한다면 어안이 벙벙해지겠지요. 하지만 심상은 존재하는 게 아니라 신경세포의 작용인 것이고, 대부분 우리의 통제력 밖에 있습니다.

어쨌든 레오토는 선택하는 법을 알아야 한다고 했습니다.

작가는 화가와 비슷한 점이 있답니다. 나는 직접 미술관에 가서 그림을 보는 것을 좋아해요. 그리고 그림을 보면서 내가 쓰고 있거나 앞으로 쓸지 모를 글에 대해 생각하지요. 무엇보다 먼저 사물에 대한 화가들의 지각을 눈여겨봅니다. 그런 다음 그들이 무엇을 그리기로— 때로는 무심한 듯이— 선택했는지 살펴보지요. 나는 대작大作을 위해 수행한 많은 연구와 스케치 들을 보면서, 아이디어를 엄청나게 준비하고 시험해본 것들을 보면서—그런 것들에서 이런저런 형식의 그림이 나옵니다—나 자신도 더 많은 것을 시도해야 한다고 늘 생각한답니다. 물론 풍경에는 실제 장소에 대한 절대적인, 바꿀 수 없는 묘사가 있습니다. 보는 것의 수준이 다르긴 하지만 그것은 소설에서도 **볼** 수 있는 묘사입니다.

여러분이 배경을 자세히 살펴본다면 배경 역시 정보를 줄 거예요. 때로는 놀라울 정도로 평범하지만 말이에요. 여러분은 그걸 알아차리지 못한 거예요. 왜냐하면 그 그림은 여러분의 관심이 결코 배경에 가지 않도록 만들어졌기 때문이죠. 그것은 여러분이 알아차리지도 못하는 사이에 거기에 놓인 겁니다.

그리고 색이 있습니다. **푸른색**—나는 이 단어를 강조하고자 합니다—입니다. 어머니를 그린 마네의 파스텔화에 나오는 소파는 믿을 수 없을 만큼 놀라운 푸른색입니다. 마티스가 그린

붉은 방의 붉은색도 있습니다. 색에 의해서 특별한 것이 우리에게 오거나 혹은 암시되는 것이 아니라, 우리가 어떤 식으론가 색에 마음이 열려 있는 거예요. 고갱의 흰말은 녹색입니다.

그리고 거기엔 그들끼리 훔치고 빌리고 서로 맞추어가는 것들이 있습니다. 초기의 고갱은 피사로나 시슬리처럼 보이고 쇠라는 피사로처럼, 반 고흐의 그림은 위트릴로의 그림처럼 보이지요.

그리고 감미로운 것을, 달콤한 것을 무척 조심해야 합니다. 그건 몹시 질리는 것일 수 있으니까요.

침묵 속에서 그림을 보세요. 도움이 됩니다.

소설을 쓰는 것은 어려운 일입니다.

나는 선택의 문제에 대해 언급했습니다. 미리 주의하라는 말을 들었더라면 여러분이 접근하는 데 조심스러워했을 작가 에벌린 워는 이렇게 설명했습니다.

아마추어들은 소설 쓰기는 고도로 전문적이고 고된 작업이라는 것을 염두에 두어야 할 것이다. 작가는 칸막이 뒤에 앉아 다른 사람들의 대화를 적기만 하는 게 아니다. 작가는 자신이 보거나 듣거나 느낀 하나하나의 것들을 자신의 소재로 지니고 있어야 하며, 연기 나는 거대한 경험의 쓰레기 더미를 조사해야 하는 것이다. 연기와 먼지로 숨이 막힐 것 같은 그 쓰레기 더미를 파헤치고 뒤져서 마침내 버려진 몇 개의 귀중품을 찾을 때까지 말이다. 그런 다음 변색되고 훼손된 이 조각들을 모으고 윤내고 정돈하고 의미 있는 일관된 배열이 되게 만들려고 노력해야 한다. 이것은 단순히 쓰레기통을 되는대로 채우고 그것을 다시 비우는 문제가 아니다.

시릴 코널리Cyril Connolly. 영국 작가이자 문학비평가는 말했습니다. 모든 작가의 목적은 걸작을 쓰는 것이고, 드문드문 누군가 걸작을 써낸다. 그걸 보면서 세상에 진짜 걸작은 얼마 안 되는데 이제 누군가 또 하나의 걸작을 챙겨버렸다고 믿는 다른 작가들은 슬퍼한다.

나는 윌리엄 케네디의 소설에 나오는 뉴욕주 올버니와 그의 소설 『레그스Legs』에 관해 얘기하려 했고, 작품의 결말에 관해서도 얘기할 생각이었습니다. 존 어빙은 집필에 착수하기 전에 항상 마지막 문장을 쓴답니다. 마지막 문장을 미리 가지고 있는 거죠. 그리고 그 마지막 문장을 향해 글을 쓴다고 어빙은 말합니다. 나는 제임스 존스와 그가 로니 핸디와 함께 창설한 글쓰기 학교에 대해 약간 얘기해보려 했습니다. 그러나 오늘은 얘기를 충분히 많이 했다는 생각이 드는군요.

기교의 문제가 아니에요

베르톨트 브레히트는 자신의 일기에서 예술의 본질에 대해 썼는데, 그는 그것을 단순함, 장엄함, 감성, 형식, 냉정함 등으로 기술합니다.

내 일기를 들춰 보았을 때, 다시 말해서 1962년부터 써온 나의 글쓰기 인생의 핵심을 기록한 일기장들을 살펴보았을 때 나는 이러한 종류의 판단을 그리 많이 찾지 못했습니다. 생각의 기록보다는 이름들이 더 많아요. 잘 아는 이름이 아닌 경우도 있고, 때로는 알지 못하는 이름들도 있더군요. 아이리스 가젤? 누구지? 제이 줄리언? 일기장에는 괜찮은 묘사와 많은 대화—담소—가 있지만, 글쓰기에 관한 내용—내가 무엇을 쓰고 있는가, 내가 쓴 것에 대해 어떤 느낌을 가지고 있는가 하는 것—은 내가 기대한 것보다 적어요. 일기장에는 '이처럼comme ça'이라는 제목이 쓰여 있답니다. 이 일기장들은 나중에 내가 사용할 생각이었지요. 누구에게가 읽힐 용도로 쓴 게 아닙니다. 어떤 페이지에는 세세한 것들을 구체적으로 기억하지 못하면 내가 후회하게 될 내용들이 한결 더 신중하게 쓰여 있습니다.

나는 20대 중반부터 일기를 써왔습니다. 하지만 소설을 쓰는 것과 마찬가지로 어떻게 일기를 써야 하는지 몰랐어요. 나는 아무렇게나 무작정 쓰는 것처럼 모든 걸 써내려가기 시작했답니다. 결국 나는 쓰레기를 쌓아두어서는 안 된다는 것을 알았죠.

나는 단편소설을 몇 편 썼지만 썩 좋지 않았습니다. 어떻게 계속 글을 써나가야 할지 몰랐어요. 내 단편소설의 문제점은 작품의 형태가 미흡하고 핍진성이 부족하다는 것이었습니다. 나는 〈뉴요커〉와 〈에스콰이어〉에 실린 단편들을 읽고 그걸 모방하려 노력했습니다. 모방은 참 한심한 짓이지요. 내 단편 작품들은 그들의 작품처럼 보이긴 했으나 어딘지 진짜와는 구별되는 것 같았어요. 나는 그렇게 생각했습니다. 물론 어떤 경우에는 모방을 모방한 것일 뿐이었지요. 그런 작품을 읽고자 하는 사람은 없습니다.

나의 문제는 또한 한 편의 장편소설을 써낸 다음에도 확신이 없었다는 것입니다. 내가 마침내 인생 경로를 바꾸어 군대를 떠나 다른 삶을 시작하기로 결심했을 때, 그것은 육체적으로는 간단한 일이었습니다. 나는 전역 지원서를 써서 직접 제출했지요. 난 어떤 반응들이 있을 거라고 생각했어요. 누군가는 내가 장교로서의 생활을 끝내고 12년 동안 복무한 군대를 떠난다는 사실에 머리를 절레절레 흔들며 섭섭해할 거라고 생각한 겁니다. 하지만 그런 사람은 없었습니다. 그 일은 마치 군화를 반납하는 일처럼 사무적으로 받아들여졌지요. 그날 오후 내 기분은 착잡하고 우울했어요. 내 마음을 이해해줄 누군가와 얘기를 하고 싶었습니다. 나는 전 편대장을 존경했고 그도 나를 좋아했는데, 그는 당시에 워싱턴에 주둔하고 있었습니다. 그에게 전화를 했지요. 그는 즉시 나를 저녁 식사에 초대했습니다. 나는 그에게 내가 그날 한 일을 얘기하고 왜 그랬는지, 앞으로 무엇을 하고 싶은지 말해주었습니다. 그가 말하더군요. "바보."

나는 도시에서 글을 쓰고 싶지 않았습니다. 도시에서는 거의 전부가 일을 하고 있거나 일터로 가는 중이거나 시간이 흘러 그날 일을 마쳤거나 하는 사람들일 테니까요. 그리고 도시에는 마치 어떤 거대한 발전기가 땅속 깊은 곳에 묻혀 있는 것처럼 늘 희미하게 윙윙거리는 소리가 있습니다. 때로는 잠잠하기도 하지만 실은 그렇지가 않아요. 귀를 기울여보면 그 잠잠함 속에서도 발전기 돌아가는 소리가 늘 존재하고 있어요.

나는 두세 명의 예술가 친구가 있었습니다. 그들 역시 인습에 얽매이지 않는 삶을 살았고, 결혼을 하지 않았거나 자식이 없는 친구들이었죠. 그중 한 명은 오노 요코—존 레넌을 만나기 훨씬 전이었어요—와 결혼한 친구였습니다.

나는 장소를 빌려서 일하려 했지만 나 자신에 대한 확신이 없었습니다. 아내와 어린 두 딸이 일어나기 전 이른 아침 시간이나 잠자리에 들고 난 밤 시간에 집에서 일하는 수밖에 없다는 생각이 들었어요. 난 우리 침실에 있는 긴 탁자에 앉아 글을 썼습니다. 그 시간에는 나 자신과 평화로이 지낼 수 있었죠. 낮 동안에는 어떻게 생계를 꾸려가야 할지 걱정했어요. 내 첫 소설에 대한 영화 판권으로 돈을 좀 벌기는 했죠. 그 소설은 나로 하여금 인생을 바꿀 수 있을 거라고 믿게 했지만, 그건 그리 오래가지 않았습니다. 나는 경험 많은 공군 장교 출신이었으므로 공군 주 방위군에 들어갔습니다. 그곳은 급여가 아주 적었어요.

지면에 발표된 나의 첫 단편소설은 바르셀로나에 관한 것이었어요. 두 독일 여자가 나오는 이야기지요. 둘 다 불행한 사람입니다. 많은 일이 일어나진 않아요. 그중 한 여자는 내가 카니발 무도회에서 만난 사람을 바탕으로 만들어낸 인물입니다. 그녀의 복장이 정확히 기억나진 않지만 황금 비늘이 달린 수영복에 스커트 차림이었던 것 같아요. 바르셀로나에서 사는 그녀의 친구—남자—는 문학을 하는 사람이었는데, 플레이보이 같은 면도 있어 보였습니다. 그 친구는 바르셀로나에 관해 속속들이 알고 있었지만 그 첫날 밤 이후에 사라져버렸어요. 다음 날 우리는 해변으로 갔지요. 그게 다예요. 그게 그 소설의 이야기입니다. 하지만 그 전과 다른 점은 내가 그걸 쓸 수 있었다는 점이었습니다. 그것은 언어였습니다. 확신이었습니다. 내가 그 독일 여자들에 관해 알고 있었던 것은 한정된 내용뿐이었지만 나는 타자기를 꾹꾹 눌러 열심히 썼고, 어떻게든 그럴듯한 작품으로 만들어낸 것입니다.

나는 그 작품에 사람들이 감명을 받을 거라고 생각했습니다. 대부분의 사람들은 불필요하게 독일어로 쓰인 그 제목「탕헤르 해변에서Am Strande von Tanger」을 이해하지 못했어요. 어떤 그림의 제목이기도 하다는 것도 몰랐고요. 아무도 그걸 알아내려고 애쓰지 않을 수도 있다는 생각을 내가 미처 하지 못한 겁니다. 문학의 권위자들은 그걸 꼭 알아내려 할 거라고 생각한 거죠.

그 소설은 좋은 작품일까요? 잘 모르겠어요. 그땐 더 그랬어요. 하지만 지금은 내 마음에 와닿는답니다. 왜냐하면 그 작품은 탕헤르의 전반적인 허무주의적 분위기를 넌지시 비치고 있으니까요. 그러니까 탕헤르를 찾았던 예술가들인 폴 볼스, 앨런 긴스버그, 윌리엄 버로스, 특히 프랜시스 베이컨과 영국 공군 조종사 출신으로 가학적인 성격에 술꾼이었던, 베이컨의 연인 피터 레이시Peter Lacey, 베이컨이 그곳에서 그렸던 움직이는 풍경, 그림 등이 자아내는 분위기 말입니다.

작가들은 보통 자신의 작품에 대한 평가에 가타부타 나서지 않습니다. 나는 어느 날 저녁 조지프 헬러가 한 여자에게 『무슨 일이 있었다Something Happened』를 읽어보았는지 묻는 것을 들었습니다. 헬러의 덜 알려졌지만 중요한 소설이죠. "예." 그녀가 읽었다고 말했습니다. "훌륭한 작품이지 않나요?" 그가 말했습니다.

헬러는 다른 데서도 그랬습니다. 나는 파리에서 열린 작가 회의 기간에 그가 프랑스 기자와 인터뷰하는 것을 엿들었습니다. 몇 차례 질문을 한 뒤에 그 기자가 이렇게 말하더군요. "하지만 헬러 씨, 당신은『캐치-22』이후로는 그처럼 좋은 작품을 다시 쓰진 못했잖아요."

"그럼 누가 그런 걸 썼나요?" 헬러가 말했습니다.

작가들은 언제나 다른 작가들을 판단하게 마련이지만, 자기 자신을 면밀히 평가하는 것은 득이 될 게 없지요.

작가는 뭔가를 쓰고 있습니다. 그런데 책의 분량과 단어의 여러 가지 용법 때문에—어떤 단어의 의미가 약간 다를 뿐이라 할지라도— 독자는 다른 어떤 의미로 읽을 수가 있습니다. 그 책이 의도한 독자라 해도 말입니다.

실은 글쓰기는 간단합니다. 망치로 못을 박는 것처럼 근본적인 것이죠. 달리 표현하면 노래 부르기나 자기 자신에게 얘기하는 것 같은 거예요. 글쓰기에는 일반적인 규칙이 있습니다. 문법과 구문론, 문장의 형식과 구조, 단어의 관계와 배열 등이 있어요. 그 대부분은 아이 때 듣고 모방하기를 반복하며 배우게 되지요. 부정확하게 배우는 경우도 있겠지만 말이에요. 윈스턴 처칠은 가난한 학생이었습니다. 초등학교 시절에 처칠은 라틴어나 그리스어를 배우기에는 너무 열등하거나 굼뜬 학생으로 여겨져서 더 어려운 것을 배우기에 부적합하다고 간주된 다른 우둔한 아이들과 함께 영어 반에 대신 들어가게 되었습니다. 그는 이렇게 말했습니다.

우리는 단지 영어만 배울 수 있는 열등생으로 간주되었다. (…) 오직 영어만. (…) 그래서 나는 일반 영어 문장의 핵심 구조—대단히 고귀한 것이다 —를 철저히 익히게 되었다. 그리고 세월이 흐른 뒤 훌륭한 라틴어 시를 지어서 상을 받고 우수한 성적을 얻었던 학우들이 생계를 꾸리기 위해서나 자립하여 살아가기 위해 다시 일반 영어로 내려와야 했을 때, 나는 그 일로 불이익을 당한 것은 전혀 없다는 생각이 들었다.

제2차 세계대전 후에 일리노이주에서 제임스 존스와 로니 핸디라는 여자가 세운 글쓰기 학교에서는 문장의 형태와 리듬을 강하게 느끼게 하는 것이 글쓰기 교수법의 일부였습니다. 존스는 자신의 소설 『지상에서 영원으로』를 장기간 집필 중이었고, 로니 핸디는 그의 뮤즈였지요. 그곳 글쓰기 학교의 학생들은 매일 몇 시간씩 앉아서 헤밍웨이, 포크너, 토머스 울프 등의 작품에 나오는 구절들을 손으로 베껴 써야 했습니다. 그런 글들의 힘과 특징을 느끼고 받아들이기 위해서였어요. 그것은 모방의 방법일 뿐이었지만 아마도 생각만큼 어리석은 방법은 아닐 겁니다.

글쓰기를 가르치는 것은 춤을 가르치는 것과 비슷하다고 말하고 싶군요. 리듬감이 있는 사람에게는 뭔가를 가르쳐줄 수 있을 겁니다. 글을 쓸 수 있기를 바라는 커다란 열망이 사람들에게 있기 때문에 대학이나 대학 이외의 기관에서 소설과 시를 가르치는 일이 널리 퍼지게 되었습니다. 강사는 보통 사람들이 굉장히 원하는 잘 알려진 인물들이죠. 그중에는 자신의 확고한 이론이 있고 추종자가 있는, 거의 종교 지도자 같은 문단 권위자들도 있지요. 학생들을 선발하여 가르치는 개별 과외수업이 여러 도시에서 이루어지고 있습니다. 우리는 승마 바지를 입고 부츠를 신은, 외모가 눈에 띄는 연극적인 인물에 관해서 곧잘 듣곤 합니다. 그 인물은 예언자처럼 흰머리를 길게 길렀을 수도 있고, 어쩌면 신들의 혈관 속을 흐른다는 영액靈液인 이코르ichor 같은 문학적 이코르가 몸속을 흐르고 있는지도 몰라요. 음악가가 수천 곡을 알고 있듯이 그는 무수히 많은—널리 알려져 있는 것과 덜 알려진 것을 망라하여—책과 작가 들을 훤히 꿰뚫고 있죠. 그는 오직 진실만을 얘기합니다. 모든 것에 관한 핵심적인 진실, 작가로서의 그리고 한 인간으로서의 당신에 관한 진실을 얘기합니다. 그건 당연히 힘든 일일 거예요. 수업 시간은 깁니다. 몇 시간 동안이나 지속되지요. 도중에 중단되지 않아요. 질문은 허용되지 않습니다. 이 고조된 강렬한 분위기 속에서 학생들은 자신이 쓴 작품을 큰 소리로 읽습니다. 학생이 실수를 꽤 많이 저지르면 선생은 읽기를 멈추게 합니다. 어떤 학생들은 겨우 몇 문장 읽고 나서 멈추게 됩니다. 끝까지 다 읽는 것이 허락되는 학생들도 있습니다. "첫 문장의 중요성은 아무리 강조해도 지나치지 않다." 그가 힘주어 말합니다. 그 말은 소설 쓰는 법으로 이어집니다. "첫 문장은 작품의 어조를 결정하며 뒤따라오는 문장을 좌우한다. 첫 문장을 부사가 있는 문장으로 시작하지 마라. 그 문장 자체가 무엇을 드러내려고 하는지 얘기해버리는 꼴이 되니까 말이다."

이처럼 그의 열정, 에너지, 헌신은 굉장합니다. 이것은 신병 훈련소 방식이지요. 학생들은 낙오하거나 그들의 일원이 되거나 둘 중 하나가 됩니다. 여하튼 예술의 자유라는 개념에 반

하는 방식이에요. 그렇긴 하지만 그 인물은 학생들에게 가장 중요한 점들을 밝혀주지요. 나는 그 인물에게서 가르침을 받은 학생 중에서 그에게 충성스럽지 않았던 학생을 본 적이 없습니다. 그를 좋아하지 않았던 학생도 본 적이 없고요.

남자들은 함께 식사를 할 때마다 여자 이야기와 사랑 이야기를 한다고 말한 사람은 투르게네프였다고 생각되는군요. 아니, 공쿠르 형제였던가요? 어쨌든 그 말은 솔 벨로에게는 사실이었습니다. 적어도 내가 그를 알고 지냈던 1970년대 말과 1980년대에는 말입니다. 그 당시에는 특히 여자가 그의 마음에서 떠나지 않았는데, 왜냐하면 그의 전 부인—세 번째 아내—이 더 많은 돈을 받아내려고 그를 상대로 소송을 제기했기 때문입니다. 그가 노벨상을 수상하면서 60~70만 달러의 상금도 함께 받았으니까요. 재판은 시카고에서 진행되고 있었는데, 그는 판사가 뇌물을 받았을 거라고 생각하며 걱정했습니다. 나는 그의 전 부인을 만난 적이 없지만 그녀를 알고 있는 것만 같아요. 그녀는 말하자면 대단히 뛰어난 작가의 손안에 있었던 것입니다. 벨로는 판사의 손안에 있었고 그녀는 벨로의 손안에 있었던 거죠. 그녀는 더 많은 위자료와 아이 양육비를 원했던 겁니다. 벨로는 한 기관의 초청으로 애스펀에서 여름을 보내게 되었습니다. 그는 개구리처럼 수영을 하면서—그곳에는 수영장이 있었어요—왜 자신이 그 판사를 의심하는지, 왜 그녀가 자신의 노벨상 상금에 눈독을 들이고 있다는 게 명백한지 그 이유를 말해주었습니다. 단순히 그녀만 돈에 눈독을 들이고 있는 게 아니라는 것이었습니다.

나는 그 일에 관한 그의 이야기를 듣는 것을 좋아했습니다. 질투를 느꼈지요. 물론 그의 이야기에 말입니다. 나머지는 끔찍한 두통거리처럼 보였어요. 열렬한 페미니스트인 아름다운 전 부인뿐만이 아니었어요. 다른 여자들도 많았고, 그중에는 내가 아는 사람들도 있었습니다. 그는 이런 말들을 했습니다. 그 여자들 어떻게 생각해? 이 사람은 좀 괜찮지 않아? 아니야? 그 여자는 나랑 잠자리를 같이하고 싶어 했어. 그 여자 말을 듣지 않았어야 했는데.

나는 물론 그보다 젊었지요. 겨우 열 살 아래였지만 말입니다. 그리고 그의 눈에 나는 더 자유롭고 덜 근심스러워 보였을 거예요. 우리는 글렌우드를 향해 차를 몰고 산길을 내려가고 있었습니다. 아래쪽 골짜기에 완만하게 경사진 아름다운 목초지가 펼쳐져 있었어요. 그곳에 오두막이 하나 있으면 좋겠다고 그가 말하더군요. 모든 것에서 벗어나 주변에 친구 몇 명만 있는 그곳으로 와서 글을 쓰고 싶다고 했어요. 우리가 그 오두막을 함께 쓸 수 있을 거라고 했습니다. 그는 1년에 두세 달 정도만 거기 머물게 될 테니 나머지 기간에는 내가 사용할 수 있을 거라고 했지요.

여자들로부터 벗어나는 것은 꽤나 모순적인 일이었습니다. 왜냐하면 그에게는 여자가 창작의 불꽃에 불을 붙이는 수단이었으니까요. 그러나 우리는 그 생각을 계속 밀고 나가서 그곳에 약간의 땅을 샀고 결국 오두막을 지었지요. 하지만 우리 둘 다 그 오두막을 사용하지 않았답니다. 그렇지만 그런 일이 있은 지 얼마 지나지 않아서 나는 그가 나에게 소설로 써보라고 제안한 어떤 것의 첫 페이지를 쓰기 시작했습니다. 그것은 버지니아주에서 살았던 시절에 대한 기억으로, 내가 처음 아내를 만나고 나중에 결혼하게 되었던 나날에 관한 이야기였습니다. 그가 그걸 써보라고 나를 독려한 겁니다. 나는 신진 작가였으니 그의 말을 진지하고 무겁게 받아들였지요.

그때 그렇게 해서 장편소설을 하나 써냈습니다. 그 작품이 『가벼운 나날』입니다. 언젠가 나는 그것을 부부 생활의 닳아빠진 돌 같은 것이라고 표현한 적이 있습니다. 평범한 모든 것, 놀라운 모든 것, 삶을 충만하게 만들거나 쓰라리게 만드는 모든 것—그것들은 수년 동안, 수십 년 동안 계속되지만 결국 기차에서 보이는 것들처럼 스쳐 지나가는 것 같아요. 그곳의 초원도 나무도 집도 어두워진 마을도 기차역도 다 지나가지요. 어떤 영속적인 순간들, 어떤 사람들, 어떤 날들을 제외하곤 기록되지 않은 모든 것은 사라집니다. 동물들은 죽고 집은 팔리고 아이들은 자라고 심지어 부부도 사라집니다. 그렇지만 그럼에도 이 시가 남아 있습니다.

나는 약 10년 전에 그 작품을 다시 읽었습니다. 그것은 책인 체하는 음악적 창작물 같았어요. 서로 뒤얽혀서 종종 우울한 분위기를 자아내는 악곡 같은 느낌이 들었지요. 그 작품은 영웅적인 것을 얘기할 셈이었습니다. 우리가 어떻게 인생의 선물을 사용해야 하는지를 그릴 생각이었죠. 인생의 선물이라는 말이 거슬리는군요. 너무 고운 말인 것 같아서 말입니다. 여자는 아름다웠습니다. 하지만 그건 사라졌습니다. 남자는 헌신적이었습니다. 하지만 삶을 움켜잡지 못했습니다. 그 작품의 처음 제목은 '네드라와 비리'였죠. 내 작품에서는 여자가 항상 더 강합니다. 그 책을 믿을 수 있다면—믿을 수 있겠지만 말이에요— 거기엔 결혼 생활 위에 지어진 이 오밀조밀한 세계가, 이를테면 전통과 관례의 벽에 둘러싸인 삶이 있습니다. 그 책은 그 시절의 기억에 관한 것입니다.

나는 그 작품이 출간되기 전에 그걸 읽어보라고 솔 벨로에게 주었지요. 벨로는 작품의 모든 것을 다 보진 못했습니다. 그는 멋진 말을 했어요. 그 작품은 여자들의 성적 냉담함에 관한 것이며, 여자들의 새로운 역할과 그 역할 안에서 황폐해가는 것을 그렸다고 하더군요.

우리가 글로 쓴 것들은 우리와 함께 늙어가지 않습니다. 적어도 내 경우는 그런 것 같아요. 그것들에도 시간의 흔적이 어리는 것 같긴 해요. 하지만 시간의 흐름에 따라 최신 상태가 되는 것과 같은 일은 없지요. 그것들은 시간 바깥으로 나가서 존재하거나 아니면 소멸됩니다. 문학은 이런 식으로 진행됩니다. 작품은 시대와 장소를 드러내 보여준 다음, 점차 그 시대와 장소가 됩니다.

나의 자서전 『버닝 더 데이즈Burning the Days』는 순전히 나의 편집자 조 폭스의 부추김 때문에 쓰게 된 책입니다. 나는 지금 그것은 잘못된 부추김이었다고 생각한답니다. 그는 왜 내가 그걸 쓰기를 바랐던 걸까요? 난 정말 원치 않았습니다. 나는 내가 나중에 쓰게 될 다른 어떤 작품의 심리적·사실적 기반이 되는 나의 사적인 모든 것을 드러내고 싶지 않았습니다. 나는 오랫동안, 그러니까 50년 동안 축적된 모든 '재료'— 그중 많은 부분이 나 이외의 다른 사람들에게 속하는 것이므로 '글감'이라고 말해야 할 것 같네요— 를 단 한 권의 책에 낭비하고 싶지 않았던 것입니다. 하지만 몇 가지 이유로 나는 그걸 쓰기 시작했습니다.

러스트 힐스는 그 당시 〈에스콰이어〉의 소설 담당 편집자였습니다. 그 잡지는 나의 단편소설을 실어주는 두세 군데 잡지 가운데 하나였지요. 〈에스콰이어〉는 평판이 좋았고, 원고료도 신속히 지급해주었어요. 힐스가 담당하는 작가 목록의 첫머리에는 그가 가장 좋아하는 작가인 리처드 포드와 돈 드릴로가 있었는데, 아무튼 그는 유쾌한 친구여서 나는 때때로 그와 함께 술을 마시곤 했습니다. 어느 날 그가 내게 전화를 해서, 시내에서 만나 편집장과 함께 점심을 할 수 있겠느냐고 물었습니다. 리 아이젠버그라는 편집장은 내가 만난 적이 없는 사람이었어요.

점심을 먹으면서 그들이 설명하기를, 〈에스콰이어〉는 뭔가 새로운 시도를 지향하고자 하는데 그에 따라 글과 삽화 또는 글과 사진으로 이루어진 일반 지면을 없애고 자잘한 내용이 아닌, 강한 이미지와 글로 이루어진 한결 대담한 지면을 제공할 계획이라고 했습니다. 잡지는 네 개의 주요 부문으로만 구성될 터인데 각 부문의 글들은 쟁점을 정하고 10년을 정리하는 내용이 될 거라고 설명하더군요. 남성들에게 중요한 범주에 속하는 핵심 사항들을 주제로 다룰 거라고 했습니다. 그들은 내가 그중 하나를 쓰기를 원했지요. 스포츠는 이미 지정된 사람이 있었습니다.

아이젠버그가 말했습니다. "당신은 산전수전 다 겪은 사람이잖아요. 결혼도 세 번인가 네 번 했고요. 우린 당신이 섹스와 결혼에 대해 써주셨으면 합니다."

나는 잘못 알고 계신 게 있다고 말했습니다. 난 서너 번 결혼하지 않았고 딱 한 번 결혼했다고 말해주었죠. 그리고 문학이 아닌 다른 주제에 관해서는 전문가인 체 행세하고 싶지 않다고 했습니다.

얼마간 침묵이 흐른 뒤 나는 그들의 생각과 관련이 있을 듯싶은 얘기를 꺼냈습니다. 젊었을 때—내가 호놀룰루에 주둔하고 있었을 때—나는 가장 친한 친구의 아내와 사랑에 깊이 빠진 적이 있습니다. 그 이야기는 사랑과 신의에 관한 것이 될 것입니다. 사랑과 충직함 말입니다. 결국 「대위의 아내」라는 산문을 쓰게 되었어요. 그것이 계기가 되어 그로부터 몇 년 후에 책이 되어 나왔지요.「대위의 아내」를 읽은 랜덤하우스의 편집자 조 폭스가 설터에게 그런 식으로 자서전을 써보라고 부추긴 결과 나온 책이 『버닝 더 데이즈』임.

사심 없이 자기 자신에 대해 글을 쓰는 것은 쉬운 일이 아닙니다. 그건 기교의 문제가 아니에요. 나는 솔기가 터져서 나 자신이 적절히 드러나게 하려면 어느 정도까지 고백을 해야 하는지 알지 못했어요. 동시에 소설처럼 읽히지 않는다면 사람들이 무엇 때문에 내 삶에 관심을 가지겠는가 하는 생각이 들었습니다. 그래서 『버닝 더 데이즈』는 어느 정도 소설처럼 읽힙니다. 그 책의 끝부분은 다음과 같아요.

새해가 시작되기 전주에 나는 몇 가지 목록을 만들고 해당되는 것들을 적었다. 나에게 남아 있는 즐거움, 친한 친구 열 명, 읽은 책들. 나는 또한 연말이면 흔히 그렇듯이 여러 사람들을 생각했다. 인생의 항해를 하지 못한 사람: 아기 때 죽은, 이름도 없었던 듯싶은 어머니의 여동생, 조지 코르타다, 켈리, 조 바이런, 여덟 살이었던 토머스 메이너드, 케이의 유산된 아기……

그날 늦게 우리는 인적이 드문 해변을 걸었다.

이후 나는 목욕을 하고 옷을 입었다. 흰 터틀넥을 입고 거울을 들여다보며 머리를 빗었다. 그리 나쁘지 않았다. 건강은 좋았고, 희망도 있었다.

캐릴 루스벨트와 그녀의 아들 데이나가 찾아와서 함께 술을 마셨다. 그녀는 가장 아름다운 여자였다. 어쩌면 그 때문에 그녀의 삶이 남자들에게 게걸스레 먹힌 것인지도 몰랐다. 그러고 나서도 그녀는 그런 남자들을 애정을 가지고 얘기하곤 했다.

그녀는 굉장한 부자와 결혼했었다. 유럽에 처음 갔을 때, 그들은 곧장 비행기 편으로 유고슬라비아로 날아가서 티토 원수의 요트를 탔다. 티토가 소매를 걷어 올리고서 그녀를 위해 직접 노를 저어 두브로브니크 근처의 만 주위를 구경시켜주기도 했다.

우리는 저녁을 먹으러 차를 몰고 빌리 식당으로 갔다. 손님이 거의 없었다. 자정이 되기 전에 집으로 돌아와서 불을 피우고, 건배를 하며 술을 마시고, 좋아하는 책의 구절들을 소리 내어 읽었다. 나는 노엘 카워드의 『기마 행렬Cavalcade』에 나오는 마지막 연설을 읽었다. 아내가 남편에게 건배를 하는 장면이 나오는 대목이었다. 그들은 두 아들을 전쟁제1차 세계대전에서 잃어버렸고, 그리하여 그녀는 두 아들을 위해, 이 세상 사람이 아닌 아들들을 위해 그리고 영국을 위해 건배했다. 케이는 『에벤에셀 르파주 Ebenezer le Page』에 나오는 대목을 읽었다. 캐릴은 제임스 조이스의 「죽은 사람들」의 마지막 부분인 온 아일랜드에 눈이 내리는 장면을 읽었으며, 이어 『안나 카레니나』 『험볼트의 선물』 『왑샷 가문 연대기』에 나오는 대목도 읽었다. 데이나는 로버트 서비스, 스티븐 킹, 포의 작품을 읽었는데 뭔가 이해할 수 없는 긴 글이었다. 아마도 술을 마신 탓인 것 같았다.

장작은 타서 잉걸불이 되었고, 그들은 돌아갔다. 우리는 절뚝거리는 늙은 개와 함께 써늘한 어둠 속을 걸었다. 빈 도로에는 아무것도 없었다. 차도 없고 소리도 없고 빛도 없었다. 해가 바뀌고 있었다. 차가운 별들이 머리 위에 떠 있었다. 나는 그녀의 몸에 팔을 둘렀다. 용기가 솟는 것을 느꼈다. 살아가고 싶은 욕망이 한껏 솟구쳤다.

우리는 계속 살아갔지만 모두가 다 그런 것은 아니었습니다. 데이나는 15년 후에 비행기 추락 사고로 죽었습니다. 그 비행기는 부품을 구입해 직접 조립하여 만든 비행기였어요. 추락 사고가 있던 날 그는 우리에게 들러서 인사를 하고 갔지요. 그는 프랭클린 델러노 루스벨트미국 제32대 대통령의 증손자였습니다.

나는 이 모든 것을 다른 형식으로 썼어야 했다고 생각하니다. 소설은 신이고, 내가 아는 작가들은 거의 소설에만 몰입했습니다. 존 업다이크는 예외였지요. 그를 제외하고 말하면, 제임스 존스와 윌리엄 스타이런은 친구였고, 스타이런과 노먼 메일러도 서로 심하게 싸우기 전까지는 친구였습니다. 스타이런이 메일러인지 메일러의 아내인지에 관해 무슨 말을 했는데 그걸 메일러가 듣고서 싸우게 된 것이랍니다. 그들은 모두 '위대한 미국 소설'에 관해 늘 이야기하곤 했습니다. 그런 소설이 이미 나왔는가? 누가 그걸 쓸 것인가? 그들은 멜빌이나 포크너를 염두에 두지 않았습니다. 그들 가운데 한 명이 그걸 쓰게 될 거라고 생각했고 늘 그런 노력을 기울였습니다. 메일러가 그에 대해 가장 많이 얘기했죠. 작가들이 지금도 이 신화적인 위대한 작업에 대해 얘기하고 있는지 난 모르겠어요. 지금 내가 그런 얘기를 해야 하는지도 모르겠고요. 요즘 분위기를 보면 소설의 시대는 끝난 것처럼 보입니다. 전통적인 문학 소설의 시대가, 인물과 운명에 대한 소설의 오랜 관심이 끝난 것처럼 보인다는 말입니다. 필립 로스나 마거릿 애트우드, 도리스 레싱 같은 일부 연륜 깊은 작가들이 그런 소설의 시대가 끝났다고 말합니다. 난 잘 모르겠어요. 아무튼 나는 소설이 그걸 목표로, 이전과 같은 방식으로 쓰이지는 않을 거라고 생각합니다. 여러분은 시각을 달리해야 할 겁니다. 그렇지만 우리는 위대한 작가들을 가지게 될 거예요. 이 21세기에 말이에요. 우린 그걸 추정할 수 있다고 생각합니다.

내가 가장 높이 평가하는 작가들은 나보코프, 포크너 그리고 솔 벨로와 아이작 싱어입니다. 솔 벨로와 아이작 싱어를 함께 쓴 것은 두 사람이 비슷한 특성을 공유하고 있기 때문이에요. 나는 나보코프를 좋아합니다. 그의 독창성과 탁월한 언어 능력, 그의 목소리와 문체 때문이지요. 나는 주제와는 별도로 목소리 또는 문체가 오래 지속한다고 믿는다고 말했잖아요. 나보코프는 매우 재치 있는 사람이었습니다. 나는 오래전에 그가 묵고 있던 스위스 몽트뢰의 호텔 바에서 거의 한 시간 정도 그와 얘기를 나눈 적이 있습니다. 겨울이었어요. 몽트뢰가 꼭 즐거운 곳이었던 것만은 아닙니다. 텅 빈 듯한 느낌이 드는 도시였는데, 그 커다랗고 낡은 호텔도 마찬가지였습니다. 바에는 나와 나보코프와 푸른 로디에르 정장 차림의 그의 아내 베라 말고 다른 손님은 없었어요. 그 전날 밤 식당도 거의 비어 있었지요. 흰 코트를 입은 웨이터 몇 명이 별다른 움직임 없이 우두커니 서 있었을 뿐입니다. 바에서 만난 나보코프는 조심성 있고 위엄 있고 예의 바른 사람이었습니다. 그는 재미있는 말들을 하곤 했어요. 하지만 그의 아내는 무표정하게 앉아 있었지요.

"그런데 말이에요," 그가 말했습니다. "제 아내는 절대 웃지 않아요. 유럽 최고의 광대와 결혼했으면서도 웃는 법이 없답니다."

그로부터 몇 년 후 코넬대학에서 나보코프와 함께 사무실을 썼던 사람―수학자였던 것 같아요―을 우연히 만났습니다.

"무슨 얘기를 나눴습니까?" 내가 물었습니다.

"아, 그 사람은 〈내셔널인콰이어러〉에서 읽은 것들에 관해 얘기하곤 했어요. 매일 그 신문을 사더군요. 그리고 시간에 관

81

해 말하기 좋아했지요."

"시간? 시간에 관해 무슨 얘기를 했습니까?"

"그는 손목을 들고서 이렇게 말하곤 했지요. '내 시계로는 8시 26분인데 당신 시계로는 몇 시요?'"

나는 포크너를 만난 적이 없고 본 적도 없지만 그와 어떤 식으론가 연결되어 있다는 느낌을 받습니다. 난 그가 제1차 세계대전 때 조종사가 되어 비행기를 몰고 싶어 했지만 그러지 못했다는 걸 알고 있습니다. 불합격했기 때문이죠. 그는 나중에 비행기를 몰게 되고, 한동안 비행기를 소유하기도 했습니다. 그 비행기를 몰고 곳곳을 돌아다니며 모임에 참석하고 심지어 비행 경주에 참여하기도 했지요. 결국엔 포기했지만 말입니다.

나는 포크너와 비행에 관한 한 가지 이야기를 알고 있습니다. 직접 들은 게 아니고 나와 같은 비행단의 조종사였던 델몬트 실베스터라는 사람을 통해 간접적으로 들은 이야기입니다. 실베스터는 약간 무기력했으며, 이유를 알 수는 없었지만 왠지 뭔가를 부끄러워하는 것처럼 보였습니다. 1952년 무렵 그는 한국전쟁 기간 현역으로 소환되어 미시시피주 그린빌에 있는 비행장에 주둔했습니다. 그는 그린빌에 있는 비행단의 홍보장교였는데, 그와 친해진 마을 도서관의 사서가 그에게 만약 관심이 있다면 포크너를 소개해주겠다고 제안했답니다. 그래서 포크너를 만나게 되었다고 실베스터가 말하더군요. 포크너는 술에 취했고 호주머니에 술병이 들어 있었다고 합니다. 그들은 비행에 관한 얘기와 포크너가 프랑스에서 비행사 생활을 했던 날들에 대한 얘기를 했는데, 실은 포크너가 프랑스에서는 비행사 생활을 하지 않았지만 편리하게도 그런 식으로 기억하고 있었던 거예요. 전시의 비행사에 관한 모든 시나리오가 영광의 냄새를 풍겼던 겁니다. 포크너는 그에 관한 시들을 썼습니다. 그는 시인으로 실패했기 때문에 단편소설 작가가 되었고, 단편 작가로 실패했기 때문에 장편소설 작가가 되었다고 주장했습니다. 실패했다는 포크너의 이 같은 생각은 누가 최고의 미국 작가인가 하는 질문을 받았을 때—그는 두어 차례 이상 그 질문을 받았습니다—에도 나타납니다. 그는 모두 실패했다고 말하곤 했어요. 그중에서도 토머스 울프가 가장 크게 실패했고 윌리엄 포크너가 두 번째로 크게 실패했다고 말하곤 했습니다.

그린빌에서의 그날, 포크너는 제트기를 타게 해주면 그 대가로 공군에 관한 소설을 쓰겠다는 제안을 했습니다. 공군의 이익에 부합한다면 민간인에게도 비행을 허용하는 규정이 있었고, 그래서 실베스터는 즉시 기지 지휘관인 대령에게 전화하여 그 제안을 설명했답니다. 대령이 그 모든 얘기를 들었습니다. 이윽고 대령이 말했어요. "그런데 포크너가 누구지?"

포크너와 나보코프는 둘 다 영화 시나리오를 썼습니다. 나보코프는 딱 한 번 썼지요. 나는 10여 편 넘게 썼어요. 내가 관여한 것을 다 합치면 말입니다.

영화. 작가들은 모두 영화를 사랑합니다. 그러나 문학 쪽에서는 영화를 인정하지 않는 면이 있지요. 작가 조합은 동부 작가 조합, 서부 작가 조합 등으로 면밀히 나뉘어 있고, 미국문학예술아카데미 안에는 건축, 음악, 미술, 시를 포함한 문학 등의 분야가 있지만 바야흐로 이 모든 것을 집어삼키려 하는 영화에 대한 언급은 없습니다. 어쨌든 영화는 자체 아카데미가 있지만 말이에요.

어느 날 저녁, 내가 책을 딱 한 권만 냈던 시절에 나는 한 친구를 따라서 영국인 감독의 집으로 갔습니다. 막 저녁 식사를 끝낸 그 사람이 나에게 영화 시나리오를 쓰는 일에 관심이 있느냐고 묻더군요. 나는 무척 관심이 많았습니다. 그 집은 5번가에서 약간 떨어진 호화로운 집이었어요. 나는 관객의 한 사람으로서 영화를 아는 것을 제외하고는 영화에 대해 아무것도 몰랐습니다. 물론 그건 사실이 아니에요. 누구나 영화에 대해 뭔가를 알게 마련이죠. 감독은 나에게 읽어보라며 책을 한 권 주었습니다. 싸구려 페이퍼백이라고 그가 시인했는데, 창녀일지도 모르는 로마의 젊은 모델에 관한 이야기였습니다. 그 책이 알 수 없는 이유로 그의 흥미를 끈 것이었어요. 그녀는 창녀가 아니라는 게 밝혀지지만, 그녀의 남편 마음속에 피어오른 의심이 그들의 삶을 파괴하고 맙니다.

그것이 내가 오랫동안 시나리오작가로 일하게 된 시발점이었어요. 작업은 보통 부정기적으로 했습니다. 중간중간 나는 달력을 팔기도 하고 서점에서 일하기도 했어요. 영화는 아주 드문드문 만들어졌죠. 영화예술은 돈 버는 예술이라는 걸 알게 되었습니다. 어떤 영화는 수년이 걸립니다. 제작비가 더 적게 필요할수록 돈 벌기가 더 어려워 보이는 경우가 많더군요. 오슨 웰스는 굉장한 인물이었습니다. 〈시민 케인〉을 비롯해서 아주 많은 영화를 만들었어요. 그는 폴스타프세익스피어 작품에 등장하는 쾌활하고 재치 있는 허풍쟁이 뚱뚱보 기사에 관한 영화를 만들고자 하는 오랜 야망이 있었죠. 웰스의 몸과 목소리는 위풍당당했으며, 영국 드라마 가운데 가장 기억에 남는 것 중 하나인 〈오셀로〉에서의 오셀로 역에 더없이 잘 어울렸습니다.

웰스는 결코 돈을 벌지 못했습니다. 경력의 후반부에 영화를 만들었죠. 그리고 그는 신뢰할 수 없는 사람으로 여겨졌어요. 그의 예술적 기질 탓에 영화를 만드는 데 너무 많은 사람, 너무 많은 비용이 들어갔던 것입니다. 그래서 그는 영화를 찍을 수 있을 때마다 부분적으로 촬영을 했으며, 그러고 나서 그 소규모 인력을 해산했습니다. 그러다가 여력이 생겨 좀 더 찍을 수 있을 때 그들을 다시 불러 모으고자 했지요. 안쓰러운 상황이었어요. 그건 일종의 투쟁이었습니다. 그의 이탈리아인 아내는 최선을 다해서 그를 격려했습니다. "오슨." 그의 아내가 말했습니다. "만약 사람들이 세상의 모든 영화필름을 가져와서 그걸 방에 넣고 태워버린다 해도, 그런다고 뭐가 달라지겠어요?"

돈 때문이 아니라 해도 남자 배우, 여자 배우 들을 쫓아다니며 기다렸다가 뭔가를 듣는 것이 좋았습니다. 당시 유럽 영화는 명성이 높았으며 부러움의 대상이었죠. 자신이 직접 시나리오를 쓰는 혁신적인 프랑스·이탈리아 영화감독을 오퇴르 auteur라 불렀습니다. 영화 작가라는 뜻이 담긴 말이랍니다. 고

다르는 록스타 같은 존재였습니다. 파리 시민들은 〈네 멋대로
해라〉에서 벨몽도가 죽었던 거리로 사람들을 데려다줄 수 있
을 정도였어요. 트뤼포와 펠리니는 존경의 대상이었습니다. 나
도 그 분위기에 도취되었지요. 문화가 떠받드는 것에 실망하는
경우가 많지만, 그곳에서는 그런 현상이 타당해 보였습니다. 머
리가 벗어지기 시작한 통통한 로베르토 로셀리니는 잉그리드
버그먼과 결혼했습니다. 실제로 말이에요. 그녀는 의사인 남편
과 두 자녀를 떠나 로셀리니와 함께 두 딸을 낳았습니다. 과분
할 정도의 새로운 칭찬에 비할 만한 것은 없는 법이죠. 안토니
오니─미켈란젤로 안토니오니─는 1966년 영화 〈욕망Blow-
Up〉을 피터 볼스와 함께 찍었습니다. 볼스가 감독의 선택에 대
해 질문을 던졌을 때 안토니오니는 볼스의 어깨에 팔을 걸치
고 그를 가까이 끌어당기며 말했습니다. "피터, 날 믿게. 날 믿
으라고. 나는 신이 아니네. 하지만 난 미켈란젤로 안토니오니
라네."

그곳은 할리우드가 아니었습니다. 흡사 공장 같은, 문이 있
는 커다란 스튜디오가 아니었습니다. 유럽에서는 영화 작업이
이를테면 거리에서 이루어졌지요. 나는 런던으로 가서 폴란스
키를 만났습니다. 만났다기보다는 그가 나를 대충 살펴본 거
죠. 나는 그에게서 본질적으로 감정이 없는 사람이라는 느낌
을 받았습니다. 그럼에도 나는 고용되었어요. 그게 계기가 되
어 만들어진 영화가 〈다운힐 레이서〉입니다. 비록 당시의 폴란
스키는 이 영화와 아무 관련이 없었지만 말이에요. 그는 나를
지미Jimmy라고 불렀습니다. 엘사 마티넬리는 나를 지이미

Jeemy라고 불렀죠. 그 모든 일에는 정신없이 바쁘고 열정적이고 다소 경박해 보이는 분위기가 있었습니다. 그 어떤 것도 타협할 수 있는 것 같았어요. 나는 많은 사람이 아름다운 것을 만들기 위해 영화를 시작한다고 생각하지는 않지만, 나쁜 영화를 만들기 위해 영화 일을 시작하는 사람은 없을 겁니다.

내가 이러한 일과 관련하여 벤 소넨버그Ben Sonnenberg. 출판업자를 만난 것은 이 시기였습니다. 소넨버그는 책을 좋아하는 사람이어서 물려받은 재산을 마음껏 쓰는 과정에서 문학잡지 〈그랜드스트리트〉를 창간했으며 그 잡지에 내 단편 몇 편을 실어주었습니다. "당신은 〈에스콰이어〉에는 주지 않았던 작품들을 우리에게 주는구려." 그가 내게 그런 불만을 내비친 적이 있답니다.

나는 그를 디비전가의 한 식당에서 만났습니다. 날은 어두웠습니다. 은행들은 문을 닫았습니다. 중국인들이 차에서 내리고 있었습니다. 한 젊은이가 탁자에 앉아 있었는데, 탁자에는 몇 권의 책과 일본 맥주 네 병이 놓여 있었습니다.

"당신, 중국요리에 대해 알아요?" 그가 내게 물었습니다. 그는 영국식 억양이 흐릿하게 배어 있는 맑고 부드러운 목소리의 소유자였습니다.

나는 모른다고 대답했지요.

"그럼 내가 당신 음식을 주문해도 되겠죠?"

그가 말했습니다.

그는 고등학교를 마치기 전에 학교를 그만두었습니다. 자신의 삶을 살기 위해서 그랬노라고 내게 말하더군요. 따라서 대학을 다닌 적이 없습니다. 대신 그는 우아함을 찾아서, 그리고 책과 옷을 사려고 런던으로 갔습니다.

수프 안에 고무 껍질 같은 것이 들어 있었습니다. 나는 그게 뭐냐고 물었죠.

"음, 나도 그게 뭘까 궁금했어요." 그가 말했습니다. "생선 내장 아닐까요?"

그는 책을 읽고 극장에 가는 삶을 살았습니다. 또한 희곡을 번역했어요. 잊힌 프랑스와 벨기에의 통속극을 번역했지요. 나로서는 그것은 또 하나의 외고집일 뿐이라고 생각하지 않을 수 없었답니다. 그는 영화에 대해 얘기하기 좋아했어요. 이익금의 몇 퍼센트를 내가 받느냐고 묻기도 했지요. 나에게 그런 것이 있기라도 한 것처럼 말이에요. 그는 내게 이런 말을 했습니다. "그런데 영화 시나리오 집필이 소설 쓰는 능력을 약화시켰다는 걸 알아차리지 못했어요? 시나리오는 훨씬 더 간결하고 묘사도 전혀 없잖아요. 게다가 심하게 극적이고요. 그건 참 을성 있게 진실을 드러내는 글쓰기 방식이 아니에요."

그는 나를 불편하게 만들었지만, 나는 나중에 그 말을 고맙게 여기게 되었습니다.

나는 새 작품을 쓰려고 처음으로 몇 가지 것들을 기록하기 시작한 그 소설에 관해 그에게 말하지 않았습니다. 제목은 '토다Toda'였어요. '토다'는 빅토르 위고가 그의 오랜 정부였던 줄리에트 드루에로부터 자신의 많은 성행위를 감추려고 공책에 자기만의 부호로 기록한 암호에서 나온 것입니다. 여자의 이름이나 이니셜 외에도 알몸은 N으로 표시하고 애무는 다른 어떤 암호로 표시하고 젖가슴은 **스위스**Suisse로 표시하는 식이었지요. 일종의 오름차순으로요. 위고는 모든 것, 완전한 행위에는 **토다**를 썼어요. 토다는 스페인어로 '모두'라는 뜻이지요. 거의 매일 주목할 만한 것들이 있었습니다.

또 다른 중국 식당에서 만났을 때 소넨버그는 화장실에 가 있는 동안 좀 맡아달라며 나에게 책을 몇 권 건넸습니다. 나는 엘리자베스 시대의 희곡에 관한 책과 V. S. 나이폴Vidiadhar Surajprasad Naipaul의 소설과 〈선데이옵서버〉 한 부를 들고 문간에 서 있어야 했죠. 그렇게 서서 나이폴의 멋진 소설을 다섯 페이지 정도 읽었습니다.

나는 왜 내게 관심 있는 사람들로부터 멀리 떨어져 살고 있는 걸까 하는 생각이 들었습니다.

그로부터 오래지 않아 소넨버그는 병이 들었습니다. 사실 나는 그걸 눈으로 보았지요. 그가 문간으로 걸어갈 때 발을 끌면서 가고 있다는 것을 알아차린 겁니다. 그는 걷는 데 약간의 어려움을 겪었는데, 다음번에 그를 보았을 땐 우아한 지팡이를 가지고 있더군요. 그는 겨우 서른다섯 정도의 나이였는데 다발성경화증 진단을 받았습니다. 결국 그는 목 아랫부분이 마비되었습니다. 더 이상 책의 페이지도 못 넘기게 되었죠. 그의 아내가 책을 읽어주고 친구들이 와서 책을 읽어주었습니다. 그는 계속 〈그랜드스트리트〉를 발간하다가 돈이 다 떨어질 시점에서야 그걸 팔았습니다. 그는 결코 멋진 것에 대한 자신의 취향을 잃지 않았어요. 그러한 것을 추구했던 자신의 기억도 잊지 않았고요. 비록 '멋진 것'이라는 말에 움찔하고 놀라게 되었지만 말입니다.

어느 날 밤 늦은 시간에 그래머시공원 바로 위쪽에 자리 잡은 호텔의 어두운 방에 아주 피곤한 상태로 앉아 있는 동안 『토다』를 어떤 작품으로 만들 것인지에 대한 영감이 떠올랐을 때 나는 그걸 쓰기 시작했습니다. 화장실로 들어가서 불을 켜고 재빨리 써내려갔지요. 한 쪽 정도의 분량이었어요. 나는 커다란 행운이 찾아들었다는 것을 알았습니다. 책의 주제에 관해 내가 쓴 것은 아주 분명했습니다. 그런데 문제는 내가 그 종이를 잃어버렸다는 것입니다. 끝내 그걸 찾을 수 없었어요. 그러는 동안 누가 중심인물이 되어야 하는지에 관한 내 마음이 바뀌었기 때문에 그걸 잊어버린 것이 크게 문제 될 것은 없었지만 말입니다.

나는 모든 작가들과 별반 다르지 않게 글을 쓰고 있다고 생각합니다. 규칙적으로 글을 쓰려고 노력하고 있고, 그렇게 쓰고 있어요. 날마다 나는 글을 쓰기 시작하는 데 어려움을 겪는답니다. 글을 다시 계속 써나가는 데 도움이 되는 한 줄 또는 몇 마디 단어를 끄집어낼 수 있다면 좀 더 잘 진행됩니다. 때때로 잘 풀리는 날이 있습니다. 그러나 안 풀리는 날이 더 많아요. 나는 내가 쓴 글에 실망할 게 틀림없다는 생각을 담담히 받아들입니다. 글을 쓰고 싶은 마음이 들지 않을 때도 글을 씁니다. 그러나 글이 나를 받아들이지 않을 때는 쓰지 않습니다. 나는 어떤 사람을 위해 글을 쓰는 것이지—정확히 누구라고 규정하진 않겠지만 아마 한 여자일 것입니다—모든 사람을 위해 글을 쓰는 것은 아니라고 생각합니다. 바벨이 말한 것처럼 지적인 한 여자일 거예요.

　나는 펜을 쥐고 손으로 씁니다. 그런 다음 전동 타자기로 타이핑을 하지요. 손쉽게 노트북컴퓨터를 사용할 수도 있지만 나는 전동 타자기의 소리를, 타자기의 키가 두드려대는 약간 불규칙한 소리를 좋아합니다. 난 두 손가락으로 자판을 친답니다.

　나는 어떤 의미에서 실제로 작곡을 하고 있습니다. 글을 쓰면서 단어들에, 단어의 무리들에 귀 기울이고 있지요. 나는 나를 다음 문장들로 인도해주는 그 소리에 자꾸자꾸 귀 기울이며 듣는 것을 좋아해요. 때로는 내가 쓰고자 하는 것에 길을 보여줄 몇 가지 단어를 적어놓기도 하고 그런 단어들을 글에 포함하고 싶어 하기도 하지만 모든 것은 상황에 따라 다릅니다.

　가장 중요한 것은 구성입니다. 질서 있게 정리하는 일이지요. 머릿속에는 소설에 관해서, 심지어 장章에 관해서 많은 것들이― 아주 많은 것들이―들어 있습니다. 혼란이 있어서는 안 됩니다. 『토다』를 쓰기 위해 나는 먼저 연대순으로 선을 그리고―그것은 그런 종류의 책입니다―그 선을 따라 모든 것을 표시했습니다. 내 방엔 커다란 메모 보드와 푸시핀머리 부분에 길쭉한 플라스틱 덮개를 씌운 압정이 있었어요. 각 장마다 한두 개의 푸시핀이 필요할 것 같더군요. 나는 각 장별로 특이 사항과 세부 내용을 거기에 푸시핀으로 꽂아두었습니다.

　글쓰기 작업을 전부 자신의 책상 앞에 앉아서 하지는 않습니다. 다른 곳에서도 글을 쓰곤 해요. 작품을 지니고 다니면서 말입니다. 그 작품이 작가의 동반자인 것입니다. 작가는 마음속에 항상 그것을 담아두고 수시로 살펴보며, 잘 연결할 방안을 찾아 정신을 바짝 차리고 있답니다. 그것이 진정한 의미에서 작가에게 최고의 동반자가 됩니다. 작가는 그 작품과 조용히 얘기를 나눌 수 있지요. 그것은 작가의 유일한 동반자가 됩니다.

글쓰기는 10일 동안 계속될 수도 있고—조르주 심농이 그런 경우랍니다—수 주일, 수개월, 수년 동안 계속될 수도 있습니다. 그것은 모든 사람에게 다 똑같습니다.

나는 이 작품을 위해 두 권의 두꺼운 공책을 작성했습니다. 내 일기장에서 그 소설을 쓰는 데 쓸모가 있을 것 같은 내용들을 가져와서 부문별로 나누어 적어놓은 참고 자료집이었죠. 주로 날씨, 장소, 대화, 얼굴, 죽음, 사랑, 섹스, 사람 등에 관한 내용이었어요. 『토다』. 거기에 이 자료의 반의반도 사용하지 않았습니다.

나는 1년 동안, 어쩌면 그 이상 이 작품에 매달렸습니다. 그러다가 자신감을 잃어버렸어요. 주인공의 설정이 잘못된 게 아닐까 하는 의심 때문이었지요. 얼마 후에 나는 다시 쓰기 시작했습니다. 하지만 중심이 되는 것을 바꾸면 필연적으로 다른 것들도 바뀌게 마련이죠.

나는 앞에서 예술의 자유를 언급했습니다. 그 자유는 도덕에 관한 상식적인 생각이나 그 어떤 교리문답에도 얽매이지 않는 자유를 의미합니다. 또한 그 어떤 타협적인 것도 뚫고 나아가는 자유—진정한 욕구—를 의미합니다. 우리가 생각하거나 상상할 수 있는 것에는 어떤 금기도 없어야 합니다.

언어는, 영어는 우리가 막 함부로 대하긴 하지만—관리인도 없잖아요—그럼에도 중요한 것입니다. 신성한 것이라고도 할 수 있습니다. 언어가 모든 것을 실어 나르고, 언어에 모든 것이 담겨 있습니다. 그래서 나는 언어에 많은 노력과 주의를 기울입니다.

결국 사람들이 말했습니다. "그 책의 제목을 '토다'라고 하면 안 돼요. 그게 무슨 뜻인지 아무도 몰라요." 나는 그들과 언쟁을 벌였어요. 하지만 발행인이 "안 됩니다, 선생님. 다른 제목을 다셔야 해요"라고 말하더군요. 그래서 나는 '올 댓 이즈'라는 제목을 붙였습니다.

그 책의 제사를 읽어보겠습니다.

모든 건 꿈일 뿐, 글로 기록된 것만이 진짜일 거라는 생각이 들 때가 있다.

소설의 기술

— 〈파리리뷰〉 인터뷰

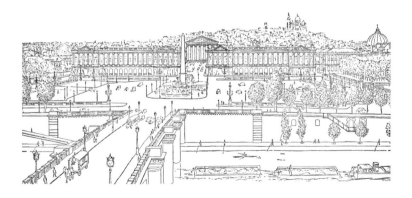

the PARIS REVIEW

이 인터뷰는 미국 문예지 〈파리리뷰Paris Review〉의 연재물 「소설의 기술The Art of Fiction」의 하나로서 1993년 여름 호에 실렸다. 인터뷰어 에드워드 허시(Edward Hirsch)는 미국 시인이자 비평가, 편집자로 현재 존 사이먼 구겐하임 기념재단의 이 사장을 맡고 있다.

제임스 설터는 능숙한 이야기꾼이다. 말씨와 태도는 정확하고 우아하다. 멋진 뉴욕 말씨를 구사한다. 손으로 반백의 머리를 쓸어 넘기며 소년처럼 웃는다. 예순일곱의 나이에도 퇴역 군인다운 건강한 몸을 유지하고 있다. 그는 일화들을 극적으로 쉽게 얘기하지만, 그와 동시에 몸가짐에는 신중함이 배어 있다. 사생활에는 함부로 침해하기 어려운 단정함이 있다.

설터는 1925년에 태어나 뉴욕에서 자랐다. 1945년에 웨스트포인트사관학교를 졸업하고 미 육군 항공단에 조종사로 입대했다. 그는 12년 동안 태평양과 미국, 유럽, 한국에서 복무하면서 전투기 조종사로 100회 이상 출격했다. 1957년에 첫 소설이 나온 뒤 군 생활을 그만두고 뉴욕 시 바로 위쪽에 위치한 허드슨 강변의 그랜드뷰에 정착했다. 이후 지금까지 줄곧 작가로서 생계를 유지했다. 전처와의 사이에는 장성한 아들 하나와 딸 둘을 두고 있다. 현재는 작가인 케이 엘드리지와, 그녀와 함께 낳은 여덟 살 된 아들 시오와 함께 산다. 그들은 콜로라도주의 애스펀과 롱아일랜드에 있는 브리지햄프턴에서 번갈아 살고 있다.

설터는 그동안 다섯 권의 장편을 발표했다. 『사냥꾼들』(1957) 『암 오브 플레시The Arm of Flesh』(1961) 『스포츠와 여가』(1967) 『가벼운 나날』(1975) 『솔로 페이스Solo Faces』(1979)가 그것이다. 1982년에는 미국문예아카데미에서 수여하는 상을 받았다. 그의 단편 다섯 편이 오헨리문학상 선집에 수록되었고, 한 편은 전미 최우수단편상을 수상했다. 단편 작품집 『아메리칸 급행열차』(1988)는 펜/포크너상을 받았다.

1992년 8월 브리지햄프턴을 방문했던 나흘 동안 끊임없이 비가 내렸지만 나는 날씨를 거의 알아차리지 못했다. 나는 아주 만족스러운 기분으로 식당 방의 식탁에 앉아 질문을 하고 설터의 신중한 답변을 들었다. 해가 없는 잿빛 날씨인데도 삼나무 지붕널과 많은 프랑스식 문과 창문이 인상적인 전통적인 2층 주택은 빛에 싸여 있는 듯했다. 우리는 낮에는 아이스티를 마셨고 밤에는 멋지게 만든 마티니를 마셨다.(한번은 설터가 자신이 평생 마신 마티니를 얼추 계산하면 8700잔쯤 된다고 말했다.) 나중에는 다른 사람들이 와서 저녁을 함께 먹었고, 많은 와인을 마셨다. 나는 인터뷰를 잊고 벽에 걸린 액자 속 그림들을 살펴보았다. 하나는 두 명의 먹 감는 사람을 그린 앙드레 드 세공자크André de Segonzac의 동판화였고, 다른 하나는 그

집 근처의 풍경을 그린 세리든 로드Sheridan Lord의 조그만 유화였다.

설터는 2층의 서재에서 글을 쓴다. 뾰족한 천장이 드러나고 반달 모양의 창문이 있는, 바람이 잘 통하는 조그만 방이다. 책상은 가대 형식의 버팀 다리가 있는, 오래된 소나무로 만든 커다란 탁자였다. 지난 몇 년 동안 매달려온 자서전 작업의 숨길 수 없는 흔적들—갈겨쓴 글씨가 보이는 봉투들, 그의 조그만 글씨가 빼곡히 들어찬 종이쪽지들—이 사방에 널려 있었다. 다음 날 아침, 서재에 혼자 남은 나는 손때 묻은 나보코프의 『말하라, 기억이여』와 이사크 디네센의 『아웃 오브 이프리카』가 프랑스 지도 위에 놓여 있는 것을 발견했다. 지도에는 여러 장소가 동그라미로 표시되어 있었다. 항공지도도 발견했고, 빨강·파랑·검정색으로 아주 자세히 메모해놓은 12페이지 짜리 메모 뭉치도 발견했다. 1955년의 일기도 눈에 띄었는데 일기장의 맨 앞에는 "매년매년이 가장 끔찍한 해인 것 같다"라는 문장이 쓰여 있었다. 책상 옆에 있는 조그만 나무 탁자 위에는 종이를 철해서 부드러운 표지를 씌우고 회색으로 번호를 매긴 조그만 공책들이 놓여 있었는데 각각의 공책은 자서전의 각 장이 될 내용을 담고 있었다. 직접 손으로 만든 이 공책들에는 작가가 자기 자신에게 설명하고 일깨워주는 내용, 다른 작가들의 글에서 따온 인용문, 어디에 쓰이는 게 좋을지를 색으로 표시해놓은 항목과 같은 메모가 가득했다. 설터는 "인생이 뭔가 되는 것이라고 한다면 책의 페이지로 스며들어 그 일부도 된다"라고 쓴 적이 있는데, 이 메모들을 읽어보면 우리가 그동안 알아왔던 사실을 다시금 확인하게 된다. 그가 쓴 책의 매 페이지가 얼마나 꼼꼼하고, 그가 구성한 매 장章이 얼마나 세심하던가. 그는 모든 것을 점검하고 재점검하고, 쓰고 고치고 다시 고친다. 문장이 윤이 나고 빛을 발하고 절대 허물어지지 않을 때까지.

나는 다시 한 번 설터가 진행하고 있는 작업에 커다란 흥미를 느끼며 이사크 바벨의 사진을 지나쳐 계단을 내려갔다. 하지만 그는 이렇게 항변한다. "바라되 열광하지 않는 것이 작가로서 적합한 상태다."

- 어떤 식으로 글을 쓰시는지요?

손으로 써요. 나는 글을 쓰는 그 친숙한 느낌에 익숙해져 있어요. 그런 다음 자리에 앉아 타이핑을 하죠. 그러고 나서 다시 타이핑하고, 고치고, 다시 타이핑하고, 그렇게 끝날 때까지 계속해요. 이런 방식이 비효율적이라는 게 여러 차례 입증되었지만, 내게 정말 필요한 것은 문단을 쉽게 써나가는 게 아니라는 걸 알고 있어요. 나에게는 이 문장들을 다시 쓸 기회가 필요해요. 그걸 나 자신에게 다시 말하고 문단을 다시 한 번 살펴볼 기회가 필요하며, 전체 텍스트를 한 줄 한 줄 매우 조심스럽게 검토하면서 써내려갈 기회가 필요한 거예요. 여기에는 말하자면 나 자신처럼 쓰고자 하는 일종의 모방 충동도 있을 겁니다.

- 그러니까 핵심은 수정의 과정이네요?

나는 처음 쓴 부정확하고 불충분한 표현을 싫어해요. 글쓰기의 온전한 기쁨은 글을 다시 점검하여 어떻게든 좋게 만들어보는 기회에서 오는 거예요.

- 글을 써나가면서 수정을 하는 겁니까?

상황에 따라 달라요. 하지만 일반적으로는 그러지 않아요. 나는 큰 부분들을 한꺼번에 쓰고 그걸 묵혀두지요. 글은 오래 놔두지 않으면 위험해요. 그리고 정말 좋은 거라면 한 달쯤 치워두어야 하는 거예요.

— 당신은 문장이나 문단을 구성단위로 생각합니까?

　보통 한 번에 한 문장씩 써나가죠. 글쓰기의 가장 어려운 부분이 처음 그걸 적어 내려가는 일이라고 생각해요. 대개는 우리가 쓴 글이 아주 형편없어서 낙담하게 되고 계속 써나가고 싶은 마음이 생기지 않으니까요. 내가 어렵게 생각하는 부분은 그거예요. 우리가 쓴 글을 보고 있을 때 생기는 좌절감 말입니다. 내가 이 정도밖에 안 되나 하는 마음이지요.

— 당신은 단어 하나하나의 무게와 성격에 많은 주의를 기울이잖아요.

　나는 단어를 손에 넣고 비벼대기 좋아하는 사람이라고 할 수 있어요. 그게 정말 최선의 단어인지 미심쩍어하면서 손안에서 단어들을 이리저리 굴리며 느껴보는 거죠. 그 단어는 이 문장에서 어떤 전기적 힘이 있는가? 뭔가 작용을 하는가? 전기적 힘이 너무 강하면 독자의 머리카락을 부스스 흐트러뜨리겠지요. 속도의 문제도 있어요. 짧은 문장이 좋을지 긴 문장이 좋을지 정해야 하는데, 이건 작가들은 다 아는 문제예요. 또 얼마간 쉽게 전달되도록 해야 하고 읽기 좋게 글을 다듬어야 한답니다.

— 당신의 문체는 대단히 독특하고 아름답고 확고하다고 생각합니다. 어떻게 그런 문체를 가지게 되었는지요?

나는 글을 쓰는 걸 좋아해요. 글쓰기에서 감동을 받지요. 그 이상으로 분석하지는 못해요.

– 날마다 글을 쓰나요?

아니요. 여러 가지 이유로 그러진 못해요. 이런저런 일로 바빠서 그러는 것일 수도 있고, 내가 본디 언제든 글을 쓸 준비가 되어 있는 사람이 못 되기 때문이기도 해요.

– 글을 쓰기 위해선 많은 고독이 필요합니까?

완전한 고독이 필요해요. 기차나 공원 벤치에 앉아 작품에 필요한 메모를 하고 심지어 글의 줄거리를 쓰기도 했지만, 글을 온전히 쓰기 위해선 완벽한 고독이 필요해요. 집에 아무도 없으면 더 좋고요.

– 그런 환경에서 글이 잘 써지나요?

중요한 작가들이 흔히 소설 쓰기는 어렵다고 말하지요. 앤터니 파월이 한 말이라고 생각되는데, 소설 쓰기는 외교정책을 수행하는 것과도 같아서 몸 상태가 어떻든 매일 쓸 준비가 되어 있어야 하고 매일 작업해야 한다고 했어요. 하지만 대개의 경우 나는 큰 흥미를 느끼지 못하는 것을 쓸 때는 의기소침해져요. 그럴 땐 흥미가 느껴지기를 기다리느라 글이 좀 느려지는 것 같아요. 또한 난 여행하기를 좋아해서 여행을 많이 다니는데, 어딘가를 가서 주변 정리를 하고 자

리에 앉아 글을 쓰기 시작하기까지 시간이 좀 걸리는 편이
랍니다.

– 여행이 글쓰기에 도움이 되나요?

나에게는 필수적인 거랍니다. 탁 트인 길 그리고 완전히 새
로운 것을 보는 건 무엇과도 비교할 수 없는 상황이죠. 난
여행에 익숙해져 있어요. 여행은 특별히 새로운 얼굴들을
보고 만나거나 새로운 이야기들을 듣는 문제가 아니라 인
생을 다른 방식으로 보는 문제예요. 또 다른 막이 전개되는
커튼인 거죠.

여행은 작가가 진실로 해야 할 일이라고 생각하는 사람이
내가 처음인 것은 아니에요. 어떤 의미에서 작가는 항상 뭔
가를 알려주는 유랑자이고 아웃사이더여서 계속 이동하는
게 삶의 일부랍니다. 여행은 자연스러운 거예요. 뿐만 아니
라 고대의 많은 사람들은 길 위에서 죽었는데 그 이미지가
아주 강렬해요. 아라비아 왕들은 죽어서 묻힐 때 큰 무덤
에 묻히지 않았어요. 길가의 평범한 돌 아래 묻혔답니다.
나는 오래전 영국에서 한 광경을 보고 깊은 인상을 받았는
데 그 장면이 늘 나의 뇌리에 남아 있어요. 나는 조그만 마
을에 사는 누군가를 만나러 가고 있었지요. 기차역에서 나
와 들판을 가로질러 걷고 있었는데 등짐을 진 70대로 보이
는 한 노인이 눈에 띄었어요. 남루한 차림새였지만 위엄이
느껴지는 노인은 방랑자로 보였는데, 지팡이에 의지한 채

길을 나아가고 있었지요. 개 한 마리가 노인의 뒤를 졸졸 따랐고요. 그 장면은 내가 인생의 마지막 모습은 그래야 한다고 생각한 이미지였어요. 계속 여로에 나서는 것 말이에요.

─ 당신은 언젠가 '픽션'이라는 말은 부적절한 말이라고 하셨어요. 왜죠?

전적으로 꾸며 만들 수 있는 것이 있다는 개념, 그리고 이처럼 꾸며 만든 글을 픽션으로 분류하고 꾸며내지 않은 것으로 여겨지는 다른 글들은 논픽션으로 부른다는 개념이 너무 독단적인 구분이라고 생각돼요. 우리는 대부분의 위대한 장편소설과 단편소설은 전적으로 꾸며낸 게 아니라 완벽하게 알고 자세히 관찰한 것에서 비롯했다는 걸 알고 있어요. 그런 작품들을 꾸며낸 거라고 말하는 건 부당한 표현이에요. 때때로 나는 아무것도 꾸며내지 않는다고 말하곤 해요. 물론 이 말은 사실이 아니죠. 그러나 난 보통 모든 것은 상상력에서 나온다고 말하는 작가들에게는 관심이 없어요. 나는 자신의 삶을 나에게 이야기해주는 사람과 한 방에 있고 싶어요. 그 이야기에는 과장이 있고 거짓말도 있을 수 있겠지만 그래도 나는 본질적으로 진실인 이야기를 듣고 싶거든요.

─ 소설은 늘 삶에서 나온다고 말하는 건가요?

거의 언제나 그래요. 글을 쓰는 일은 학문이 아니에요. 물론 예외가 있지만, 내가 알고 존경하는 모든 작가들은 본질적으로 자신의 삶에서, 또는 삶에서 알아낸 것들에서 이야기를 끌어냈어요. 예를 들어 위대한 대화는 꾸며내기가 매우 어려워요. 거의 모든 위대한 책에는 그 안에 실제 사람이 담겨 있답니다.

— 당신의 문체가 인상주의적이라고 보시나요?

엄밀히 말하면 인상주의는 고전주의에서 벗어나 야외에서 색을 풍부하게 써서 작업하는 경향을 말하잖아요. 그렇죠? 누군가 나는 사전트John Singer Sargent. 여인의 초상화를 많이 그린 미국 화가가 그림을 그리는 방식으로 글을 쓴다고 하더군요. 사전트는 직접적인 관찰과 물감의 사용을 절제하는 것을 자신의 화풍의 토대로 삼았는데, 그건 나의 창작 방법과 비슷해요.

— 남성다움에 대한 관심, 시련, 통과의례 등이 정교한 문체로 조화롭게 결합된 당신의 작품은 독특해 보여요. 당신이 보는 세계가 그런 것입니까?

나는 내 안에 있는 여성적인 것을 육성하려고 노력해왔어요. 공공연히 그랬다는 뜻이 아니라 세상에 대한 반응의 측면에서 그래왔다는 말이에요. 아마 이 점이 우리가 얘기하고자 하는 것일 겁니다. 나는 내가 남성이라는 사실에 만족해요. 그러나 살아오는 동안 내가 부단히 노출되어온 순수한 남성성은 따분하고 부적당한 것이에요. 남성들이 스포츠나 싸움, 전쟁, 나아가 사냥에 관해 얘기를 나누는 것을 이따금씩 듣는 것은 아주 즐거운 일이지만, 다른 하나의 존재, 즉 어설픈 남성성이 무시하는 경향이 있는 예술과 미의 존재는 필수적이에요. 진정한 문명, 진정한 남성다움은 그러한 것을 포함한다고 생각해요.

– 당신의 작품은 너무 남성 지향적이라고 비판하는 독자들도 있는데, 그런데도 당신은 여성이 진정한 영웅이라고 말하는군요. 그 이유가 뭡니까?
더 어려운 일을 안고 있지만 거기에 굴하지 않고 단호히 맞서며 살아가는 것을 영웅적이라고 생각해요. 이 세상에서는 여성이 그런 경우죠.

– 「하나의 단호한 행동A Single Daring Act」제임스 설터의 자서전에 실린 글에서 누군가 이렇게 말합니다. "당신은 영광스러운 길을 걸어갈 거야." 당신의 작품에는 여전히 영웅이 있어요.
나는 삶과 죽음의 올바른 길이 있다고 믿어요. 난 그런 길을 가는 사람들에게 관심이 많답니다. 내가 영웅이나 영웅주의를 포기한 건 아니에요. 우린 아주 넓은 의미에서 이 얘기를 하고 있다고 생각해요. 그저 싸움에서 승리하는 것이나 은성 훈장을 받는 것과 같은 의미에서 이런 얘기를 하고 있는 게 아니잖아요. 일상적인 영웅주의가 있지요. 유도

라 웰티의 「자주 다닌 길A Worn Path」에 나오는 흑인 할머니
가 그런 경우라고 생각해요. 할머니는 손자의 약을 구해 오
기 위해 멀리 떨어진 읍내까지 철길을 따라 걸어가곤 하지
요. 난 진정한 헌신이 영웅적인 것이라고 생각해요.

— 삶의 올바른 길이 있다는 말은 무슨 뜻이죠? 우리 모두 그
걸 발견해야 한다는 뜻인가요?
아니에요. 우리 모두가 그렇게 할 수 있다고 생각하진 않아
요. 그러면 너무 혼란스럽겠죠. 내 얘기는 어떤 미덕이 있으
며 이런 미덕들은 변치 않는다는 고전적인, 오래된 문화적
동의를 말하는 거예요.

— 당신의 많은 소설이 시험당하는 사람들에 관한 이야기입니
다. 주로 남자들이죠. 하지만 나는 「20분」『아메리칸 급행열차』에
수록된 단편에 나오는 제인 베어의 시련에 대해서도 생각하고
있어요. 드라마는 시련 속에서 존재하는 겁니까?
인생은 시련 아닌가요? 우리는 끊임없이 시험당하고 있어
요. 이런 시험의 단적인 모습 또는 극적인 순간을 선택하는
건 내게는 드문 일이 아닐 거예요. 그건 스토리텔링의 전통
적인 방식이죠. 물론 거기에는 종종 용기가 담기게 된답니다.

— 당신의 감수성은 프랑스적인가요?
특별히 프랑스적이지는 않아요. 네드 로렘Ned Rorem. 미국 작

곡가이 내 감수성은 프랑스적이라고 말했죠. 난 프랑스를 좋아하고 프랑스어를 좋아해요. 그러나 감수성이 프랑스적인 건 아니에요.

– 콜레트는 당신에게 의미 있는 인물입니까?

오, 그럼요. 내가 그녀를 처음 접한 게 언제였는지 기억나지 않는군요. 아마 로버트 펠프스를 통해서 접했을 겁니다. 그 전에도 여기저기서 그녀에 관한 단편적인 글들을 읽었을 테지만 말이에요. 펠프스는 미국에서 그녀에 대한 책을 대여섯 권 출판한 뛰어난 콜레트 전문가예요. 그중에는 대단히 탁월한 책이라고 생각하는 『세속적인 낙원Earthly Paradise』도 있는데 이 책은 정말 멋진 책이랍니다. 난 그가 사인해서 내게 준 그 책을 가지고 있었어요. 큰딸이 사고로 죽었는데, 딸도 그 책을 무척 좋아했기에 난 그 책을 딸과 함께 묻었어요.

콜레트는 우리가 알아야 할 작가예요. 프랑스인들은 감상적이지 않은 편이어서 난 프랑스인들을 좋아하는데, 그녀는 특히 그 점에서 존경스러운 작가예요. 그녀는 따뜻해요. 차가운 작가가 아니랍니다. 동시에 감상적이지도 않아요. 누가 이런 말을 하더군요. 우린 글을 쓸 때 하느님이 지구를 생각할 때 가지는 감상과 같은 만큼만 글 속에 감상을 담아야 한다고 말이에요. 그녀가 딱 그 정도예요. 내가 어머니 집에서 최소한 열 번은 읽은 그녀의 작품이 있지요.「아름다운 소녀 브유The Little Bouilloux Girl」라는 작품이에요. 마을에서 가장 아름다운 소녀에 관한 이야기인데, 그녀는 반 아이들 누구보다도 훨씬 예쁘고 훨씬 더 세련된 아이예요. 그래서 금방 그 마을의 양장점에서 일자리를 얻게 되지요. 누구나 그녀를 부러워하고 그녀처럼 되고 싶어 해요. 콜레트는 엄마한테 이렇게 말하지요. "엄마, 나도 나나 브유가 입고 있는 것 같은 옷을 입고 싶어요." 그러자 엄마가 이렇게 말합니다. "안 돼, 넌 그런 옷을 입을 수 없어. 네가 그 옷을 입으려면 그에 따르는 모든 걸 가지고 있어야 해." 즉, 사

소설의 기술

생아라는 사실을 포함하여 그 아이의 인생 전반과 같은 조
건이어야 한다는 것이었지요. 그 아름다운 아이는 끝내 결
혼하지 못합니다. 그녀에게 적합한 사람이 없기 때문이죠.
이 이야기의 가장 좋은 부분은 어느 여름날 흰 양복을 입
은 파리 남자 두 명이 우연히 그 마을에서 열리는 장에 오
게 되는 것에서 비롯하는데, 아주 낮고 잔잔한 분위기로 전
개되기 때문에 감탄하게 된답니다. 두 사람은 근처의 큰 저
택에서 머물게 되고, 그중 한 남자가 그녀와 춤을 추게 되지
요. 어떤 의미에서는 그 부분이 이 이야기의 클라이맥스예
요. 그것 말고는 어떤 일도 그녀에게 일어나지 않아요. 여러
해가 지난 후 콜레트는 그 마을에 돌아옵니다. 그녀의 나이
는 이제 서른여덟이에요. 콜레트는 차를 운전하고 가다가
자기와 나이가 같아 보이는 한 여자가 자기 앞에서 길을 건
너는 모습을 언뜻 보게 돼요. 콜레트는 한때 학교에서 가장
예뻤던 '아름다운 소녀 브유'를 알아차리고, 지금은 나이 들
었으나 여전히 아름답고 여전히 결코 오지 않을 황홀한 남
자를 기다리는 그녀의 모습을 대단히 인상적인 두세 문장
으로 묘사해요.

– 언제 로버트 펠프스를 알게 되었습니까?

1970년대 초였을 거예요. 편지 한 통이 왔어요. 특이한 편지
였죠. 독특하고 흥미로운 작가가 보낸 것이라는 걸 금방 알
아차릴 수 있는 편지였어요. 그는 자신을 드러내는 것을 삼

갔지만, 나는 나중에 편지의 행간에 자신이 쓴 책의 몇몇 제목들을 숨겨놓았다는 걸 알았어요. 그것은 존경의 편지였어요. 가장 신뢰할 수 있는 형식을 갖춰 쓴 첫 편지였고, 그 결과 우리는 몇 달 후에 뉴욕에서 만났답니다. 내가 우연히 뉴욕에 가게 되었을 때 만난 거죠. 난 그가 천사 같은 사람이라는 걸 알게 되었어요. 그는 내가 최상층의 작가군에 속하는 사람은 아니지만 적어도 작품과 작가로서 널리 알려진 부류에 속할 것이며, 그 이상은 전적으로 나에게 달려 있다는 것을 알려주었어요. 곧장 알려준 게 아니고 오랜 시간에 걸쳐 알려준 거예요.

펠프스는 나를 프랑스 작가들에게 소개해주었어요. 폴 레오토, 장 콕토, 마르셀 주앙도Marcel Jouhandeau를 비롯해서 여러 사람들에게 진지한 방법으로 날 소개했지요. 그의 삶은 어느 면에서는 레오토의 삶과 비슷했어요. 단순했지요. 사치스럽지 않고 순수했어요. 레오토는 무명작가의 삶을 살았는데, 말년에야 라디오 프로그램에 출연함으로써 그런 삶에서 구조되었지요. 그는 엉뚱하고 괴팍스럽고 편견이 심한 동시에 연극평론가이자 가끔 책을 내는 저술가이자 일기 작가로서 교양 있는 목소리로 라디오방송을 통해 밤새 대중의 관심을 끌었어요. 약 50년 동안 연극 안에서 무자비하게 인생을 보아온 그는 누추한 집에서 고양이와 다른 동물들 10여 마리와 함께 살았어요. 더욱이 이 모든 것에 더하여 열정적인 연애 사건을 이어갔답니다. 수년 동안 사랑을 맺어온 한 여자를 그는 자신의 일기장에 '골칫거리'라고 밝히기도 했어요. 펠프스도 이와 유사한 부분이 있었어요. 그는 매우 순수한 삶을 살았어요. 자신의 기준에 미치지 못하는 책들은 복도에 내다놓아 사람들이 집어 가게 하거나 폐품 수거인이 거두어 가게 했지요. 주기적으로 그렇게 했어요. 자신의 서가를 꼼꼼히 살펴보았답니다. 그래서 그의 서가에는 아주 좋은 책들만 놓여 있었어요. 그는 글쓰기를 믿었어요. 현대 세계에서 발견되는, 그와 반대되는 모든 증거에도 불구하고 그는 끝까지 글쓰기를 믿었답니다. 펠프스는 약 3년 전에 죽었어요. 내가 그를 천사로 생각한다고 말했죠? 나는 이제 그를 성자로 생각해요.

— 한때 앙드레 지드가 당신에게 커다란 영향을 끼친 것 같아요.

그랬어요. 그런데 왜 그랬는지 정확한 이유가 기억나지 않아요. 내가 처음 글을 진지하게 쓰기 시작했을 때 그의 일기를 읽었고, 그 이후 『좁은 문』을 읽고 큰 감동을 받았어요. 하퍼브러더스 출판사에 나를 담당하는 에번 토머스라는 편집자가 있는데, 그가 나에게 어떤 작가에 관심이 많았는지 묻더군요. 그래서 앙드레 지드라고 대답했어요. 그러자 마치 내가 에픽테토스라고 대답하기라도 한 것처럼 그의 얼굴에 당혹감인지 실망감인지 모를 감정이 스치고 지나가더군요. 이어 그가 물었어요. "그럼 그의 어떤 책을 읽고 있나요?" 내가 대답했죠. "『좁은 문』. 아주 좋은 책이에

요. 당신도 읽어봤어요?" 그가 안 읽었다고 말했어요. 그의
어조를 통해 그 책은 그가 평소에 읽는 책들과는 거리가
멀거나 또는 그가 나의 독서 취향을 신뢰하지 않는다는 걸
알 수 있었어요. 돌이켜보면, 감상적이지 않고 세심한 작가
라는 것이 지드에 대한 내 인상이었어요. 내 관심이 잘못된
사람에게 끌린 건 아니라고 생각해요.

– 특별히 당신에게 영향을 미친 다른 프랑스 작가들이 있습니
까?
나는 많은 프랑스 작가들의 작품을 읽어왔어요. 그중에서
널리 읽히지 않은 작가 가운데 특별히 흥미를 느낀 사람은
앙리 드 몽테를랑이에요. 루이페르디낭 셀린은 눈부신 작
가지요. 이 대목에서 난감한 경우에 맞닥뜨리게 됩니다. 그
의 몇몇 발칙한 작품들은 작품 목록에서 삭제되었어요. 우
리는 그의 견해를 압니다. 그는 프랑스인들에 의해 거의 처
형당한 셈이지요. 그러므로 우린 지금은 금세기 프랑스의
위대한 작가 두 명 가운데 한 사람으로 여겨지는 미심쩍은
인물에 관해 얘기하고 있는 거예요. 내 생각이 옳을 거예
요. 대단히 타당한 평가지요. 심지어 그의 마지막 책인 『성
에서 성으로Castle to Castle』조차 굉장한 작품이에요. 이 작
품은 상상할 수 있는 가장 힘든 상황에서 썼을 게 틀림없어
요. 어떤 좋은 작품을 읽으면 텔레비전을 보는 것도 영화관
엘 가는 것도, 심지어 신문을 읽는 것조차 재미없게 생각되

죠. 읽고 있는 책이 그 무엇보다도 더 매혹적이니까요. 셀린은 그런 자질이 있는 작가랍니다.

— 포드 매덕스 포드는 어떻게 생각합니까? "영어로 쓰인 최고의 프랑스 소설"이라는 평을 받아온『훌륭한 군인』이『스포츠와 여가』와 비슷한 분위기를 띠고 있는 것 같거든요.
난 포드 매덕스 포드를 존경해요. 헤밍웨이가 자신의 책『파리는 날마다 축제』에서 포드 매덕스 포드를 낱낱이 파헤쳤다고 생각했을 때만큼 존경하는 건 아니겠지만 말이에요. 나는 그의 삶을 자세히 알지는 못해요. 그가 어렸을 때 삼촌에게 이런 가르침을 받았다는 건 알고 있어요. "포드, 항상 어려운 처지에 있는 사람을 도와주도록 해." 포드는 늘 그렇게 처신했어요. 나는 그를 무척 존경한답니다. 제1차 세계대전이 일어났을 때 그는 30대 후반의 나이에 자원해서 군에 입대했어요. 그 무렵에, 바로 그 전이나 그 후에 —그는 이미 몇 권의 책을 썼지요—마음먹고 자리에 앉아『훌륭한 군인』을 썼어요. 그는 "지금이 마음먹고 자리에 앉아 자신이 뭘 할 수 있는지 보여주어야 할 때"라고 했어요. 그건 아주 멋진 일이라고 생각해요. 물론 그 책 자체도 나쁘지 않아요.

— 헤밍웨이에 대한 느낌은 어떤가요?
헤밍웨이에 대한 나의 느낌은 대부분의 사람이 셀린에 대

해 느끼는 것과 같아요. 그는 유능한 작가지만, 개인적으로
난 그의 성격이 달갑지 않아요. 나는 그를 만났던 많은 사
람들을 알고 있어요. 그들은 모두 헤밍웨이가 훌륭한 사람
이었다고 말하지요. 난 그렇게 생각하지 않아요. 인생에서
즐거운 일 가운데 하나는 위인들을 재배치할 수 있고 내
마음에 들지 않는 어떤 인물들은 강등시킬 수 있다는 점이
에요. 그건 누구에게도 피해를 주지 않지요. 그래서 난 헤
밍웨이를 아래로 내려보냈어요. 그는 지하실에서 먼지를 뒤
집어쓰고 있답니다.

– 당신의 작업을 헤밍웨이 기질을 수정하거나 재고하는 일로 생각해본 적이 있나요?

난…… 난 그런 생각을 해본 적이 없어요. 물론 우리는 우리가 무얼 하고 있는지 알지 못해요. 안 그래요? 거미처럼 우리 자신의 거미줄 한가운데에 있는 거예요. 내 글에 헤밍웨이의 어떤 사상과 주제가 있다고 지적해주는 사람들이 있었어요. 하지만 그럴 때마다 내가 처음으로 그걸 다룬 거라는 생각이 들었어요. 고백하자면, 때로는 자리에 앉아 뭔가를 쓰려 할 때 다른 사람이라면 이걸 어떻게 쓸까 생각해보고자 하는 심각한 유혹이 있답니다. 나는 글을 쓰기 시작한 초기에는 헤밍웨이를 그런 고려의 대상에서 완전히 제거하는 수준에 이르지 못했어요. 예를 들면 미시마 유키오나 존 베리먼John Berryman. 미국 시인이라면 이걸 어떻게 썼을까, 이런 걸 묘사하기 위해 어떤 종류의 표현을 사용할까 생각해보는 거죠. 그건 쉽지 않은 다른 접근법으로 가는 문을 열어주지요. 비록 일단 생각해보고 나면 그걸 사용하고 싶지 않겠지만 말이에요. 그건 우리가 망설일 때 생기는, 앞으로 나아가지 못할 때 생기는 나약함인 거죠. 우리의 마음이 그런 식으로 방황하는 거예요.

– 헨리 밀러는 어떻게 생각하세요?

영광스러운 작가지요. 훗날 우리는 그를 온당하게 대접하지 못한 어떤 점들은 타당하지만 어떤 점들은 타당하지 않다는 말을 듣게 될 텐데, 난 그때 무척 실망할 것 같아요. 그는 거부할 수 없는 작가예요. 밀러를 처음 읽으면 작품에 빠져들지 않을 수 없지요. 그의 작품을 다 읽어야 한다고 생각하진 않아요. 반복적인 작품들이 많으니까요.

일단 『섹서스Sexus』『플렉서스Plexus』『넥서스Nexus』『어두운 봄Black Spring』의 숲으로 들어가면 우린 비틀거리게 돼요. 마치 사람들이 신문으로 우리를 개처럼 마구 때리는 것처럼 말이에요. 그러나 『북회귀선』을 읽는다면 훌륭한 책을 읽는 거랍니다. 그 작품엔 삶과 불경스러움과 활기가 있지요. 나는 밀러처럼 쓰지 않아요. 그렇게 못 써요. 그렇게 쓰려면 밀러가 되어야 할 거예요. 그 점이 참으로 대단한 거죠. 그의 작품을 읽을 때 우리가 정말로 귀 기울이는 것은 작가의 목소리라고 생각해요. 그게 다른 어떤 것보다 중요하지요. 그리고 그건 물론 밀러의 목소리예요. 책을 덮고 나서 한참이 지난 후까지 우리를 그의 팔꿈치 주변에 머물러 있게 하고, 나아가 우리가 철이 든 어른이라 할지라도 그와 함께 집에 가서 계속 얘기하고 싶게 만드는 것은 바로 그 목소리지요.

— 「사자의 겨울Winter of the Lion」어윈 쇼의 책에 쓴 설터의 서문으로 추정됨에서 당신은 어윈 쇼Irwin Shaw가 당신이 처음 만난 비범한 작가라고 말했어요. 아버지 같고 친구 같은 인물, 대단한 목소리를 지닌 작가라고 했지요. 그가 당신의 단테에게 뜻

밖의 베르길리우스인 것 같군요.베르길리우스가 단테의 『신곡』에 단테의 조언자로 나오는 것을 빗대서 말함.

내가 어원 쇼를 존경한 건 그는 예의를 아는 사람인 것 같아서였어요. 용기 있는 사람이었어요. 그는 내가 높이 평가하지만 전에는 명확히 이름 붙이지 못한 많은 것들을 구현한 인물이었지요. 내가 그를 만난 건 1960년대 초였을 거예요. 우린 책이나 작품에 대해선 거의 얘기하지 않았어요. 그 이유는 주로 작가들에 대한 그의 평가가 너무 후했기 때문이죠. 그는 단지 좋은 사람일 뿐인 듯싶은 작가들이나 예의 바른 사람이라고 여겨지는 작가들을 빈번히 칭찬했어요. 하지만 그는 자신의 작품에 대해선 매우 민감했지요.

― 그의 첫 번째 〈파리리뷰〉 인터뷰는 내가 읽은 가장 공격적인 인터뷰 가운데 하나였습니다.

자기 자신에 관한 문제를 논할 땐 그런 식이었어요. 그걸 금방 알게 돼요. 우린 우리가 처음 만났던 파리 시내 어느 곳에 앉아 있었는데, 내가 그의 소설에 관해 뭔가 질문을 했죠. 경험이 없었기에 그런 질문을 해야 하는지 말아야 하는지 몰랐거든요. 즉시 그의 어조와 태도가 바뀌었어요. 그가 "글쎄, 그건 다 좋은 소설들이에요" 하고 말하더군요. 어떤 사람들은 그의 어떤 소설들을 좋아하고 다른 어떤 사람들은 그의 다른 소설들을 좋아하며 그 자신은 특별히 좋은 작품이라고 생각하지 않은 소설들이 상을 받은 경우도 있었으니 좋은 작품인지 아닌지 누가 어떻게 알겠느냐, 당신 혼자 생각한 것이니 이 문제는 넘어가기로 하자, 그런 얘기를 했어요.

— 당신은 어윈 쇼를 글을 쓰는 방법의 본보기로 삼았다기보다는 작가로 살아가는 방법의 본보기로 삼은 것 같군요. 수입에 관한 걸 배운 거죠.

— 그는 무슨 얘기를 했습니까?

그는 종종 과거로 빠져들곤 했어요. 자신의 인생에서 참으로 좋았던 순간들에 대해 얘기하던 어느 날 밤이 특별히 생각나는군요. 가장 좋았던 순간은 〈죽은 자를 묻으라Bury the Dead〉반전사상을 담은 어윈 쇼의 희곡으로 만든 연극가 개막되던 날 밤에 관객들이 "작가, 작가!" 하고 소리 질러서 무대 위로 불려 나갔던 때였다고 말했지요. 또 다른 순간은 파리가 해방되던 때였다고 했어요. 세 번째는 여러 해 전에 브루클린대학 미식축구 선수로 경기할 때 패스한 공을 잡은 것이었다고 했어요. 다른 것들도 몇 가지 있었어요. 그 자리엔 그의 아내 메리언이 있었고, 아들인 애덤도 있었던 것 같아요. 아내와 아들은 아마 자신들이 소홀히 취급되고 있다는 느낌을 받았을 거예요. 그 무렵에는 그들도 그런 분위기에 익숙해졌을 테지만 말이에요. 그러나 나는 현상을 유형화하는 그의 탁월한 능력을 좋아했어요.

소설의 기술

– 당신은 그가 당신에게서 오만한 실패를 봤다고 말했는데, 그건 무슨 뜻이었습니까?

그는 아마 인정받지 못하지만 야망이 있는 사람에게서 보이는 것을 나에게서 봤을 거예요.

– 쇼가 당신은 서정적인 작가이고 자신은 서사적인 작가라고 규정한 것에 대해선 어떻게 생각하세요?

꽤 정확해요. 나는 서정적인 표현에 덜 의존하려 노력해왔어요. 그것은 노력 없이 얻은 것이라는 따끔한 지적을 받았기 때문에 나는 약간 더 깎아내고 조금 더 졸여야 할 거라는 결론에 이르렀답니다. 그렇게 하는 것이 서정적인 것에 더 큰 힘을 부여하는 효과를 내니까요.

– 당신은 자신을 국외 거주 작가로 여긴 적이 있습니까?

아니요. 내가 유럽에서 가장 오래 살았던 것은 공군에 복무하면서 그곳에 주둔했을 때였는데, 우린 본질적으로 방문자였어요. 그다음으로 오래 있었던 것은 그라스 근처의 조그만 마을인 마가뇨스크Magagnosc에서 살았던 때예요. 내가 거기에 간 것은 하비 스와도스Harvey Swados. 미국 작가, 사회 비평가가 제안했기 때문이죠. 그는 머리털과 수염을 수북하게 기른 아주 잘생기고 매력적인 남자였어요. 너그럽고 지혜로워 보이는 얼굴에는 지적인 분위기가 어려 있었지요. 언젠가 허심탄회하게 얘기를 나누던 때에 그가 자신은 재능을 빼고는 천재적인 자질을 다 가지고 있다는 말을 했어요. 그는 재능이 있었지만, 그 자신은 그게 아주 높은 수준은 아니라고 생각했던 거예요. 하비는 새러로런스대학에서 안식년을 얻었으므로 그 기간 동안 가족과 함께 프랑스에 갈 거라고 했어요. 그가 같이 가지 않겠느냐고 말했고, 우린 원칙적으로 가지 않을 이유가 어디 있겠느냐며 동의했지요. 그 마을은 오귀스트 르누아르가 살았으며 잠시 일하기도 했던 마을이었고, 그 집은 오래된 석조 농가로 그 전해에 로버트 펜 워런과 그의 아내 엘리너 클락Eleanor Clark, 미국 작가이 거주했던 집이었어요. 나는 그녀에게 편지를 써서 그 집에 대해 물었어요. 그녀가 몇 가지 구체적인 설명을 담아 답장을 보냈더군요. 바다가 보이는 전망, 그 집에 있는 염소, 유칼립투스 등에 대해서 썼는데, 설명은 대단히 만족스러웠어요. 그녀는 이렇게 말하며 결론을 맺었지요. "당신의 인생에서 가장 멋진 해를 보내게 될 겁니다. 얼어 죽지만 않는다면 말이에요." 그 집에는 난방시설이 없었던 거예요. 그래서 우리는 1년 반 동안 프랑스에서 살게 되었는데, 그렇지만 거기에 남아 있을 생각은 없었답니다. 근처에 존 콜리어John Collier, 영국 작가의 집이 있어서 우린 그하고도 친구가 되었어요. 아무튼 국외 거주 작가란 말은 너무 심한 말이에요.

— 너새니얼 호손이나 마크 트웨인처럼 유럽으로 나간 뒤에 더

욱 확고한 미국인이 된 미국 작가들이 있는 반면에 유럽에 적응하기를 열망하고, 그리하여 더 유럽적인 사람이 되는 미국 작가들도 있습니다. 당신은 자신을 어떤 사람으로 보는지요?

철저히 미국인이지요. 하지만 유럽적인 방식도 존중해요.

- 자신을 대기만성형 작가라고 생각하십니까?

대체로 그렇다고 생각해요. 아직도 몇몇 푸른 잔가지가 나오고 있길 바란답니다.

- 군대 경험이 당신의 첫 두 책 『사냥꾼들』와 『암 오브 플레시』가 나오게 된 원동력이 된 것 같더군요.

첫 두 책, 예, 그래요. 그 후로는 군대 얘기가 많지 않았죠. 군대와 관련이 있는 작품은 단편 한 편과 지금 쓰고 있는 자서전에서 군대에 관한 장뿐이에요. 나는 12년 동안, 본국에 들어와 전역을 기다리던 기간까지 계산하면 13년 동안 군 생활을 했어요. 그 기간 동안 많은 일이 있었지요.

- 조종사 생활에서 글쓰기에 도움이 되는 걸 배운 게 있나요?

조종사로 복무한 시간은 중요하지 않아요. 그것은 신발 가게에서 종일토록 일한 것과 다르지 않아요. 문학 이력에서 그 기간은 제해야 해요.

– 당신은 30대 중반에 글쓰기를 시작했어요. 늦게 시작한 거죠?

　30대 중반에 책을 내기 시작한 거예요. 글은 그 전부터 썼죠.

– 언제 글을 쓰기 시작했습니까?

　학창 시절에 쓰기 시작했어요. 공군에 있을 때도 약간의 시간을 글쓰기에 투자할 수 있었고요. 1946년과 1947년에 장편소설을 하나 썼는데, 형편없었지요. 그때는 그걸 몰랐어요. 하퍼브러더스 출판사에서 그걸 퇴짜 놓았는데, 그러면서도 내가 쓴 다른 글이 있다면 보고 싶다고 했어요. 그것만으로도 나에게는 큰 격려가 되었지요. 어쨌든 나는 또 다른 작품을 쓰고 싶었어요. 새 작품을 끝냈을 때 그걸 그 사람들에게 제출했고, 그들이 받아주었답니다. 그게 내가 처음으로 출간한 『사냥꾼들』이에요.

– 그 첫 소설을 쓰기 시작한 동기는 무엇이었나요?

　처음부터 그걸 쓰고 싶은 충동이 있었어요. 나는 처음에는 무엇이 나로 하여금 글을 쓰게 하는지 몰랐지만 나중에 알게 되었지요. 그건 단순한 거예요. 일단 쓰기 시작하면 계속 쓰게 된다는 것이었어요. 나는 그걸 말로 표현하지는 못했지만 그런 느낌을 가졌던 것 같아요.

– 그 첫 두 책을 생각하면 지금은 어떤 느낌이 드는지요?

　젊음이 느껴져요.

소설의 기술

— 당신은 군대 경험을 얘기할 때 현실감각이 둔하고 꿈을 좇던 소중했던 젊음의 나날이라고 말해왔습니다. 작가의 길을 걸으려고 1957년에 군에서 퇴역하기가 힘들었을 것 같아요.

나는 얼마나 어려운 상황이었는지 잊으려 애썼어요. 나의 전역이 받아들여졌다는 말을 들었던 때가 생각나는군요. 우리는 어린 딸과 함께 도시가 내려다보이는 워싱턴의 임대 아파트에서 살고 있었지요. 밤이었어요. 도시의 야경이 내 밑으로 펼쳐져 있었죠. 처음으로 파리를 볼 때 파리가 우리 밑으로 펼쳐져 있는 것처럼 말이에요. 나의 모든 것이— 펜타곤, 조지타운, 앤드루공군기지에서의 이륙 등 그때까지 해왔던 모든 것이—나와는 상관없는 것이 되어버렸어요. 나는 내팽개쳐진 거예요. 몹시 비참한 느낌이었어요. 비참

한 실패자라는 느낌이 들었어요.

— 당신이 "쓰기 아니면 죽기"라는 말을 했다고 들었어요.
맞아요. 이거냐 저거냐, 양자택일의 문제였죠. 나는 작가가
되고 싶었지만 그와는 달리 나의 모든 것을 다른 쪽에 쏟
아부은 거예요. 난 반항적인 군인이 아니었어요. 모든 걸
군 생활에 바쳤고, 그래서 그 대가가 만만치 않았죠. 그건
바로 이혼과 같은 것이었어요. 점잖은 두 사람이 상대와는
함께 잘 지낼 수는 없는, 그런 이혼 같은 것이었어요. 둘 중
누구에게 잘못이 있느냐 하는 문제가 아니었어요. 단지 그
둘은 계속 갈 수 없을 뿐이죠. 그런데 그 둘이 한동안 결혼
한 상태여서 애들도 있고 다른 여러 가지 문제도 있다고 한
다면 그건 참 어려운 상황이죠. 그런 느낌이었던 거예요. 나
는 이전의 생활과 이혼해야 한다는 걸 알았으나 그 점이 행
복하지는 않았어요. 미래가, 앞으로 닥칠 일들이 몹시 불안
했어요.

— 「잃어버린 아들들」『아메리칸 급행열차』에 수록된 단편에 나오는 화
가는 명백한 아웃사이더인데 예전의 군 생활에 대한 향수
를 약간 느낍니다. 당신도 아직 그런 향수를 느끼나요?
그 시인이 말했듯이 눈먼 선장이 바다를 꿈꾸는 순간들이
있죠. 거위들이 가을 하늘을 날아가는 모습을 볼 때 그런
생각이 들죠. 하지만 그런 향수는 오래전에 사라졌어요. 잘

려 나간 팔다리가 자라서 치료되었답니다.

― 존 치버는 전쟁이 끝난 후에 "군에 있던 그 사람은 내가 아니었어요"라고 했는데, 당신은 그런 감정을 느끼지는 않았지요?
그럼요. 많은 죄수들이 그러하듯이 감옥과 다른 재소자들을 좋아하게 된답니다. 치버는 이런 감정을 지니게 될 만큼 충분히 마음을 쏟지 않았을 뿐이지요.

― 당신은 어떤 책을 쓴 작가로 기억되고 싶은지요? 두 권을 고르라면 어떤 걸 고르겠습니까?
『스포츠와 여가』와 『가벼운 나날』을 고를 것 같아요.

― 『스포츠와 여가』는 언제 처음 쓰기 시작했습니까?

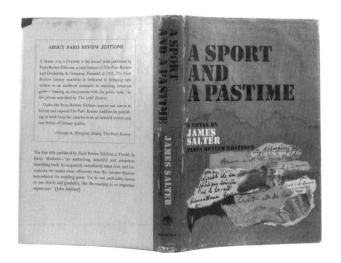

그 책을 쓰려고 처음 메모를 한 건 1961년일 거예요. 본격적으로 쓰기 시작한 것은 1964년 아니면 1965년이고요.

─ 어디에서 글을 썼습니까?
그 당시엔 빌리지맨해튼 그리니치빌리지에 작업실이 있었어요. 우리는 교외에서 살았으므로 난 시내로 들어가서 일을 했지요.

─ 뉴욕에 살면서 프랑스에 관한 소설을 쓰는 일이 혼란스럽지 않았나요?
특별히 혼란스럽지는 않았어요. 나 자신을 일상으로부터 분리하는 데 약간 시간이 걸리지만 나중에는 온전히 글쓰기에 몰입하게 되지요. 아무튼 내 방법은 많은 준비를 하는 거랍니다. 난 메모를 많이 했어요.

─ 그 책을 쓸 때 관능과 에로티시즘, 음식과 술, 프랑스의 풍경과 문화에 대한 일련의 개념과 용어 들을 함께 알아봐야 했을 것 같아요.
예, 그랬어요. 앞에서도 잠깐 비쳤지만 유럽의 도시들은 내가 진정한 남성다움으로 여기는 것이었어요. 1950년에 처음 유럽의 도시들을 보았지요. 난 뉴욕과 잠시 살았던 워싱턴, 호놀룰루를 제외하고는 다른 도시에서 살아보지 못했어요. 그런 나에게 유럽은 너무 뜻밖의 모습이었지요. 그곳에서

사는 게 좋았어요. 나는 유럽을 좋아해요. 왜냐하면 그곳
에서 살아가는 나날은 실망스럽지 않으니까요.

─'스포츠와 여가'라는 제목을 어떻게 생각해냈는지 궁금합니
다. 『쿠란』에서 따온 말이잖아요.
　나도 『쿠란』을 읽었지만, 그 구절은 어떤 기사에서 본 거예요.

─ 화자는 "녹색의 부르주아적인 프랑스"를 세속적 성지로 여
깁니다. 그 부분은 자전적인 것 같은데요.
　프랑스를 좋아하지 않을 수도 있어요. 나도 조금 알고 있는
케루악은 언젠가 파리에 갔다가 며칠 후에 돌아와서 파리
가 "자기를 거부했다"라는, 기억에 남을 말을 했다는 걸 알
고 있습니다. 그러나 그의 경우는 예외적인 경우예요. 우리
가 눈을 뜨고 있다면 프랑스가 얼마나 매력적인지 알 수 있
을 거예요.

─ 『스포츠와 여가』가 나왔을 때 당신은 "에로티시즘의 혁신을
추구한" 작가라는 찬사와 더불어 한편으로는 그토록 "격한
'성애' 장면"을 그렸다며 비난을 받았어요. 거기에 대해선 어
떤 생각이었는지요?
　에로티시즘은 그 책의 핵심이자 본질이에요. 그건 분명한
것 같아요. 로르카의 말을 빌려 얘기하자면 내가 의도한 것
은 '음란하되' 순수하고, 한편으로는 말할 수 없지만 동시에

억누를 수도 없는 것들을 묘사한 작품이었어요. 나는 여행을 해오면서 여행이나 항해라는 것은 넓은 의미에서 사랑의 추구, 사랑을 향한 여정이기도 하다는 것을 깨달았어요. 사랑 없는 여행은 꽤나 황량한 것이지요. 이것은 아마도 남성적인 관점이겠지만 꼭 그렇지만은 않다고 생각해요. 섹스와 구성을 결합하여 빚어낸 삶, 이 책은 바로 그것이라고 생각해요. 그러나 그건 설명할 수 없는 거예요. 이 소설은 얼마간 인생이란 무엇일 수 있을까 하는 이상으로 인도하는 작품이지요.

— 사람들은 이 작품에 관해 다른 의견들을 가지고 있는 것 같습니다.

나는 종종 이 작품에 관해 나에게 설명하는 사람들의 말에 귀 기울이곤 해요. 몇 년에 한 번씩은 이 소설을 영화로 만들고 싶어 하는 제작자로부터 문의가 온답니다. 나는 그들의 제안을 거절했어요. 이걸 영화로 찍는다는 건 우스꽝스러운 일인 것 같아서요. 내가 보기에 이 소설은 분명해요. 모호한 부분이 없어요. 그러나 다시 말하지만 작가는 자신이 쓴 게 뭔지 정확히 알지는 못해요. 게다가 자신의 작품을 어떻게 설명할 수 있겠어요? 그건 공허한 일이에요. 만약 의심스러운 부분이 있다면 마지막 문단을 읽으면 이 작품을 이해할 수 있을 거라고 생각해요.

"안마리는 지금 트루아에서 산다. 아니, 살았다. 그녀는 결혼했다. 아이들도 있는 것 같다. 일요일이면 그들은 햇빛을 온몸에 받으며 함께 산책을 한다. 친구들을 방문해 이야기를 나누고 저녁이면 집으로 돌아온다. 우리 모두 동의하는 바, 아주 바람직한 그런 삶 속에 깊이 뿌리를 내리고서."

이 마지막 문단에는 아이러니가 스며 있는데, 그런 식으로 읽지 않을 수도 있겠지요. 그 아이러니를 보지 못한다면 이 작품은 당연히 다른 의미로 읽힐 거예요.

– 안마리에 대한 딘의 욕망은 '진짜' 프랑스에 대한 욕망이기도 하다고 평해지고 있습니다. 서로 연관된 열망이라는 거죠.

프랑스는 아름다워요. 하지만 딘의 욕망은 명백히 그 여자에 대한 욕망이지요. 물론 그녀는 추상적인 어떤 것이 구현된 인물이에요. 그녀가 무엇인지 우리가 알아차릴 때도 그녀는 뭔가 감정을 불러일으키지요. 그렇지만 만약 그녀가 그렇지 않았다 해도 그녀는 딘의 욕망의 대상이었을 거예요.

– 이 소설에는 포스트모더니즘적인 면이 있어요. 화자는 자신이 불충분하게 알고 있는 것으로부터 딘과 안마리를 만들어냈다는 걸 내비치죠.

그건 위장일 뿐이에요.

– 무슨 뜻입니까?

이 작품을 1인칭 소설로 쓰는 건—다시 말해서 딘의 목소리인 것처럼 쓰는 것은—어려웠을 거예요. 안마리의 목소리로 쓴다면 무척 재미있겠지만 그걸 어떻게 시도할지 나는 잘 알지 못했어요. 반면에 3인칭 시점으로 쓴다면, 이를테면 3인칭 관찰자 시점으로 쓴다면 다소 곤란한 점이 있을 거예요. 솔직한 성적 묘사에 지장이 있으니까요. 문제는 이걸 어떻게 그리느냐 하는 것이었지요. 그러던 중에 한 가지 생각이 떠올랐어요. 어떻게 해서 떠올랐는지는 기억나지 않지만, 3인칭으로 서술하되 그 사람은 작품에서 중요한 역할을 하지 않고 단순히 작품과 독자 사이의 중개자 역할만 하게 하자는 생각이 든 거예요. 그 인물이 문제를 해결해줄 수단일 거라는 생각이 든 거죠. 그래서 난 그렇게 했답니다. 나는 그 화자가 누구인지 몰라요. 그게 나라고 말하는 사람들도 있어요. 그럴 수도 있겠죠. 그러나 실은 그런 사람은 없어요. 그 사람은 장치일 뿐이에요. 연극에서 무대 소품을 옮기는 검은 옷을 입은 사람과 같은 존재인 거죠. 필수적인 인물이긴 하지만 사건의 일부는 아닌 거예요.

─ 무대 위의 내레이터 같은 존재로군요.

바로 그거예요. 그는 커튼 앞에 서 있는 사람이지요.

─그게 소설에 관음증적인 느낌을 주는군요.

그렇지만 그게 매력적인 부분이라고 생각하지 않나요? 내가 말하는 건 삶 속의 행위는 보지 않은 채 겉으로 드러난 타인의 삶을 엿보는 것에 만족한다는 의미에서의 관음증이 아니에요. 난 강한 호기심을 가지고 몰래 훔쳐본다는 의미에서의 관음증을 말하고 있는데 그건 엄청 흥분되는 일이죠. 금지된 것, 연습하지 않은 극히 자연스러운 것을 보는 거예요. 자신이 관찰당하고 있다는 것을 알지 못하는 사람을 말이에요. 우리가 물리학을 통해 알고 있듯이, 관측된 것은 관측되지 않은 것과는 같지 않답니다. 그래서 난 그 생각이 마음에 들어요.

– 이 작품의 어느 정도가 허구이고 어느 정도가 사실인지 말할 수 있을까요?

음, 나는 프랑스에 갔고, 오통에도 갔고, 그 같은 사람들도 알고 있어요. 난 보통 작품을 쓸 때 가능한 한 뭔가를 미리 준비한답니다. 말하자면 아무것도 없이 단 위에 오르는 걸 싫어해요. 아무것도 준비하지 않고 잘 해내는 사람들이 있지만 난 그러지 못해요. 그래서 글을 쓰려고 앉을 땐 내가 미리 생각해둔 어떤 것들이 준비되어 있기를 바라지요. 장편소설을 쓸 땐 많은 것들이 준비되어 있어야 하고요. 난 장편을 쓰기 전에 많은 것들을 적어두는데, 그중 일부는 생활 속에서 얻고 일부는 간접적인 삶에서 얻어요. 지어내는 것은 많지 않답니다.

—『가벼운 나날』은 통찰력이 돋보이는 소설입니다. 어느 면에서는 『스포츠와 여가』와 비슷해요. 일련의 반짝이는 순간들로 이루어져 있지요.

『가벼운 나날』에서 이 순간들은, 이 장면들은, 그 자체가 내러티브예요. 이것들이 내러티브 역할을 하죠. 『스포츠와 여가』에는 에로틱한 순간들이 있는데 이것들이 다른 모든 것에 그림자를 드리우고, 어떤 의미에서는 이것들로 작품이 이루어지죠. 어쩌면 두 소설에 쓰인 방법이 동일할 거예요.

—『가벼운 나날』은 무엇에 관한 소설이라고 생각합니까?

이 소설은 결혼 생활의 마모된 돌들이에요. 모든 아름다운 것과 모든 평범한 것, 결혼 생활을 풍요롭게 하거나 시들게 하는 모든 것에 관한 얘기예요. 결혼 생활은 수년, 수십 년 동안 계속되지만 결국엔 기차 안에서 언뜻언뜻 본 장면들처럼 스쳐 지나가버린 것 같아 보이죠. 초원, 무리 지어 늘어선 나무, 땅거미 속에서 창에 불을 밝힌 집들, 어두워진 마을, 스쳐 지나가는 기차역 같은 장면처럼 말이에요. 글로 쓰지 않은 모든 것은 사라진답니다. 다만 예외적으로 사라지지 않는 어떤 순간, 어떤 사람, 어떤 장면 들이 있을 뿐이죠. 동물은 죽고, 집은 팔리고, 아이들은 자라고, 심지어 그들 부부도 사라지고 말아요. 그럼에도 불구하고 거기엔 이 시가 있는 거예요. 이 소설은 엘리트주의 작품이라고 비난받았어요. 하지만 난 정말 그런지 의심스러워요. 그들 두 사람은 별스럽지 않은 사람들이에요. 그녀는 아름다웠지만 그 시절은 지나갔어요. 그는 헌신적인 사람이었지만 삶을 꼭 붙들 수 있을 만큼 강하지는 못해요. 이 책의 원래 제목은 '네드라와 비리'였어요. 내 작품에서는 언제나 여자가 더 강하답니다. 이 책을 믿을 수 있고 또한 이 책이 진실하다면 거기엔 결혼의 토대 위에 세워진 빽빽한 세계가 있고 오래된 담으로 둘러싸인 삶이 있어요. 이 책은 끊임없이 계속되는 그러한 나날의 달콤함에 관한 것이지요.

― 어떤 평론가가 당신의 소설에는 삶의 불완전함과 불순함이 잘 드러나지 않는다고 말했어요. 내가 보기에 그 말은 명백히 틀린 것 같아요. 물론 등장인물들의 삶에 완전해지고자 하는 노력과 분투가 있지만 그건 표면적인 완전함이잖아요? 얄팍한 사람들만이 사람을 외모로 판단하지 않는다고 오스카 와일드가 말했어요. 경솔한 말이긴 하지만, 본질에 대한 외모의 관계, 실상에 대한 지각의 관계를 규정하는 시간에 관한 중요한 쟁점을 건드리는 말이죠.

―『가벼운 나날』에 깃든 관념은 장 르누아르의 말에서 왔다는 글을 읽은 적이 있습니다.
"인생에서 중요한 것은 당신이 기억하고 있는 것들뿐이다."
예, 나는 그 생각이 마음에 들어요. 나는 그 말을 『가벼운 나날』을 집필하고 있던 중에 우연히 보았지요. 어쨌든 그 말은 내가 느끼고 있던 생각이 맞다는 것을 보여주었어요. 나는 우리가 삶에서 기억하는 것들에 관한 소설을 쓰고 싶었죠. 그게 이 책에 깃든 관념이었어요. 그리고 시간의 흐름과, 시간의 흐름이 사람들과 여러 가지 것들에 무슨 짓을 하는가 하는 것이 이 소설의 플롯이라고 생각해요. 분명한 얘기지만, 이 소설은 그 두 관념을 결합하는 것이어야 한다는 생각이 들었어요. 그 생각이 여전히 마음에 들어요. 난 만족스러워요.

— 남자 주인공 비리는 행복을 위해 여자의 사랑에 너무 깊이 의존하는 것처럼 보여요. 여자의 사랑이 그의 감정의 피난처인 거죠. 반면에 네드라는 남자들로부터 떨어져 있을 때 가장 행복한 것처럼 보여요.

다른 면들과 마찬가지로 이 점에 있어서도 여자가 더 강해요. 여자는 풀을 뜯어 먹으면서도 행복할 수 있지만 남자는 여자 말고는 다른 목적이 없어요.

— 어느 대목에선가 비리가 이렇게 말합니다. "이 세상엔 두 종류의 삶이 있다. 사람들이 생각하는 당신의 삶 그리고 다른 하나의 삶. 문제가 있는 건 이 다른 삶이고 우리가 보고 싶어 하는 것도 바로 이 삶이다."

그건 에드거 앨런 포가 말한, 사람들이 결코 쓰지 못할 아주 얇은 책 『발가벗겨진 내 심장My Heart Laid Bare』조이스 캐롤

오츠의 장편 같은 거 아니겠어요? 사회적으로 용인되는, 즉 우리가 살아가고 얘기하고 굳게 지켜나가는 관습적인 삶이 있어요. 그리고 다른 하나의 삶이 있죠. 이 삶은 생각과 환상과 욕망의 삶인데, 드러내놓고 얘기하지 않는 삶이에요. 사람들 중에는 자신의 본성에 충실해지는 때에 그런 얘기를 하는 사람이 있다고 난 믿어요. 텔레비전에 나와서 그러는 경우도 있을 테고요. 그러나 일반적으로 대부분의 사람들의 삶에서는 이 두 가지 것이 완전히 구분되지요. 나는 그걸 깨닫고 있어요. 그래서 그에 관한 작품을 쓰려고 한 거예요.

─노스포인트 출판사에서 나온 책의 표지는 피에르 보나르의 그림 〈아침 식사 테이블에서The Breakfast Room〉잖아요. 그 그림이 이 소설의 분위기를 잘 담아낸 것 같아요.

나는 종종 어떤 화가를 생각하면서 글을 쓰는데, 『가벼운 나날』은 처음부터 보나르를 생각하며 집필했지요. 그는 친밀하게 느껴지는 고독한 화가예요. 어떤 유파에도 속하지 않았죠. 그의 일생은 대체로 밝고 화려한 것과는 거리가 멀었고 주류에서 벗어나 있었어요. 나는 그의 그림뿐 아니라 인간적인 면에도 마음이 끌렸지요.

─ 주제 면에서 『가벼운 나날』과 『솔로 페이스』 사이에는 엄청난 도약이 있었습니다. 어떻게 된 건가요?

『솔로 페이스』는 내 책이 아니라는 생각이 들어요. 아버지가 다른 자식인 거죠. 난 그걸 써보라는 요청을 받았어요. 나는 그 이전에 같은 사람에 대한 영화 대본을 썼어요. 일련의 사건이나 세부적인 내용은 같지 않지만 말이에요. 당시에 리틀브라운 출판사의 편집장이었던 아주 친한 친구 로버트 지나가 그 대본을 좋아했어요. 그래서 나에게 그걸 소설로 써보지 않겠느냐고 제안했지요. 난 처음에는 관심이 없었는데 그가 날 설득했어요. 그 소설이 내 작품 경향과 다소 달라 보이는 건 그 때문이랍니다.

ㅡ어떻게 영화 대본에서 소설로 바뀌었는지 궁금하군요.
　한결 더 소설로 인식되도록 작업해야 했어요. 실존 인물인 게리 헤밍Gary Hemming이 주인공의 모델이었으니까요. 게리 헤밍은 1960년대에 활동한 널리 알려진 산악인이에요. 그는 친구들이나 사람들이 찾아와 만나고 나면 절대 잊지 못할 그런 사람이었지요. 그가 살아온 배경은 다소 모호해요. 나는 그가 주고받은 편지를 포함하여 그에 대해 많은 조사를 했어요. 그는 고독을 즐기는 사람이었는데 행동은 다소 투박했지요. 그러나 편지는 매우 조심스럽게 취급했어요. 난 그의 친구들을 인터뷰하고 편지들을 읽은 뒤로 그가 어떤 사람인지 잘 알게 되었어요. 이 소설의 주요 사건들은 헤밍이 살면서 겪은 사건들에 토대를 두고 있지요. 그는 알프스의 산봉우리 중 하나인 에귀 뒤 드뤼Aiguille du Dru에서 뛰어난 구조 활동을 수행했어요. 그 일로 〈파리마치Paris Match〉에 실렸고 유명해졌답니다. 그는 내가 그에 관한 소설을 쓰려고 생각했을 무렵에 죽었어요. 내가 그럴 마음을 가지게 된 것은 실은 프랑스 텔레비전에 방영된 한 인터뷰 방송 때문이었어요. 헤밍을 인터뷰한 10분쯤 되는 방송이었지요. 그 방송에서 그는 기다란 겨울용 속셔츠 차림으로 샤모니 근처의 초원에 앉아 있었는데, 난 그를 본 순간 모든 사람이 얘기했던 것들을 갑자기 깨닫게 되었답니다. 그에게는 이 같은 놀라운 특징이 있었어요. 쉽게 말해서 그의 정직해 보이는 얼굴에는 약간 게리 쿠퍼 같은 ㄴ낌이 있었어요. 그에게서는 뭐랄까, 자신의 존재의 중심에서 얘기하는 듯한 기운이 느껴졌어요. 그 10분짜리 인터뷰를 보았을 때

난 그에 관한 소설을 써야겠다는 충동이 일었고, 그걸 쓸
수 있겠다는 느낌이 들었어요.

─헤밍이 랜드『솔로 페이스』의 주인공의 모델이라면 캐벗의 모델도
있었는지 궁금하네요.
아, 있었어요. 그의 동지이자 라이벌이었던 존 할린John
Harlin이라는 또 다른 등반가가 있었어요. 나와 그는 서로
모르는 사이였지만 우린 같은 시기에 독일에서 조종사로
복무했어요. 그는 아이거 산에서 죽었지요.

–이 소설을 쓸 때 당신 자신의 등산 경험에 얼마나 의존했습니까?

약간. 나는 언제나 연필과 공책을 가지고 다녔어요. 하지만 기록을 한 경우는 드물어요. 나는 깊이 빠져들었어요. 등반가들과 함께 있을 때 듣게 되는 것은 그들의 고백과 일화인데 내게는 그게 더 중요했죠. 나는 로열 로빈스와 함께 등반했어요. 그는 미국 산악인들에게 가장 중요한 정신적 지주였고 아마 지금도 그럴 거예요. 나는 그와 함께 유럽에 갔고 요세미티에도 갔어요. 그는 엄격하고 다소 말이 없는 인물이었지만 나에게는 매우 너그러웠지요. 한번은 그에게는 대수롭지 않지만 나로서는 당연히 무척 힘든 어딘가를 등반했어요. 우리는 크랙을 올라갔고, 한 크랙에서 다른 크랙으로 트래버스해야 했어요. 트래버스는 2미터 정도였지요. 양팔을 펼친 정도의 거리였어요. 그가 트래버스를 건넜어요. 물론 그가 선등했고, 이제 내 차례가 되었지요. 그건 내 능력의 한계치에 해당하는 일이었답니다. 나는 그 순간을 잘 기억해요. 왜냐하면 아래를 내려다보며—당시 그 높이는 내게는 꽤 높았어요—난 이걸 해내지 못할 거라고, 여기서 떨어질 거라고 생각했으니까요. 우린 서로 로프로 연결되어 있었으므로 그건 그리 두려운 게 아니었어요. 정말로 암담한 건 나는 떨어지고 나서도 올라와야 할 것이고, 성공할 때까지 다시 올라와야 할 거라는 생각이었어요. 그날 저녁 우린 술을 한잔했는데, 난 그에게 내가 느꼈던 감정을 말해주었어요. 그러고 등반을 하면서 그런 종류의 고뇌를 느낀 적은 없는지 그에게 물었죠. 늘 느껴요, 그가 말했어요. 나는 그가 진심을 말하고 있다고 느꼈답니다.

─ 등반과 관련하여 가장 기억에 남는 것은 무엇입니까?
그곳까지 와서 이렇게 속으로 중얼거리는 거예요. '난 할 수 없어. 난 이걸 할 수 없다는 걸 알아. 난 틀림없이 이걸 할 수 없어. 그렇지만 해야 해. 난 해야만 한다는 걸 알아.' 그곳이 아닌 다른 곳에 있을 수만 있다면 뭐든 다 내놓을 수 있을 것 같은 기분이죠. 그러나 그런 생각은 부질없는 것이에요. 계속 나아가는 수밖에 없어요. 어쨌든 그 경험은 당신을 어떤 식으로인가 성장시키지요.

─ 『아메리칸 급행열차』에 나오는 단편들은 꽤 오랜 기간에 걸쳐 쓴 작품들입니다. 그렇지만 그 작품들에는 일관된 관심과 구성이 있어요. 단편소설에 대한 당신의 생각은 무엇인지요?
단편은 무엇보다도 흡인력이 있어야 해요. 우리가 지금 문학의 모닥불 주위에 앉아 있다고 가정해봅시다. 어둠 속에서 여러 목소리들이 들려와요. 그것들이 얘기를 하기 시작해요. 어떤 목소리를 들으면 우리의 마음은 산만해지고 졸려요. 그러나 어떤 목소리들에는 귀를 쫑긋 세우고 한 마디 한 마디에 귀 기울이게 되죠. 첫 줄, 첫 문장, 첫 문단, 그 모든 게 우리를 끌어들여야 해요. 나아가 기억할 만한 것이어야 한다고 생각해요. 의미가 있어야 해요. 그저 뭔가를 썼다고 해서 정당화되지는 않는답니다. 독자를 놀라게 할 필요는 없어요. 미시마 유키오의 「우국」은 놀라게 하는 것을 경멸하지요. 극적일 필요도 없어요. 피터 테일러의 「내슈빌의 아내A Wife of Nashville」는 극적인 요소가 없답니다. 단편이 해야 할 일은 어떤 경이로움을 느끼게 하는 거예요. 그리고 어느 정도 완전한 느낌을 주어야 해요.

— 당신이 가장 좋아하는 단편 작가는 누구입니까?

이사크 바벨이라고 말하겠어요. 그는 위대함의 세 가지 본질적인 요소를 갖추고 있어요. 문체, 구성, 권위가 그것이지요. 물론 그런 요소를 갖춘 다른 작가들도 있지요. 실제로 헤밍웨이는 그 세 가지를 다 갖추었어요. 그러나 바벨은 인생 역정이라는 요소가 추가되어 유난히 내 마음을 끈답니다. 그의 인생이 그의 작품에 통렬함을 더해주는 것 같아요. 그는 어려운 시대를 살았지요. 그리고 결국엔 정권에 의해 살해당했어요. 그는 수용소에서 사라졌어요. 우린 그에게 무슨 일이 일어났는지 몰라요. 그는 이런 말을 했어요. "나에겐 끝낼 시간이 주어지지 않았다." 이곳에선 그가 많이 알려지지 않았다는 사실에 나는 늘 놀라곤 했지요. 내가 읽은 모든 단편 중에서 최고 수준에 가까운 작품이 가장 많은 작가는 바벨과 체호프랍니다.

- 당신은 바벨은 이 세상의 영웅이었다고 말한다고 하더군요.

나에게 그는 영웅이에요. 글쓰기에 대한 나의 생각은 위축되는 일 없이 부단히 노력해야 하고, 뭘 찾든 못 찾든 간에 더 이상 나아갈 수 없는 곳에 이를 때까지 올바른 말을 찾으려 애써야 한다는 것이에요. 바벨은 그런 작가였어요. 그는 오랫동안 원고 작업에 매달렸어요. 그에게는 원고로 가득 찬 트렁크가 있었는데 그 안에 든 작품들과 함께 트렁크가 사라져버렸어요. 아직 출간 준비를 못했을 뿐인 작품들인데 말이에요. 번역되어 나와 있는 그의 말—1930년에서 1936년 사이에 학술 토론회에서 했던 다양한 연설과 대담—을 읽으면 그는 자신감이 적지 않은 사람이지만 결코 오만하거나 거만하지 않은 인물이라는 인상을 받게 된답니다. 그는 언젠가 글쓰기처럼 어려운 일을 하는 대신에 자기 아버지처럼 트랙터 판매원이 되었더라면 얼마나 좋았을까 하고 말했어요. 하지만 동시에 그의 진심은 그게 아니라는 걸 알게 되지요. 그는 톨스토이에 관해 매우 감동적인 말을 했어요. "톨스토이의 몸무게는 3푸드러시아의 무게 단위. 1푸드는 16.38킬로그램에 불과했지만 그건 순수한 천재성의 3푸드였다"라고 했답니다.

- 바벨의 작품에는 당신의 작품과 비슷하게 나를 감동시키는 무엇이 있어요. 바벨에게는 코사크 기병대의 군사행동에서 단련되고 형성된 훌륭한 감수성이 있어요.

당신은 어떤 특정한 면에서 가깝게 느낄 수 있는 사람을 모델로 받아들이고 존경하는 경향이 있는 것 같군요. 나는 그가 느꼈다고 여겨지는 많은 것들을 느낀답니다. 차이라면 바벨은 코사크 기병대와 함께 말을 탔다는 것이라고 말하고 싶군요. 나는 그때 한 살이었어요.

— 바벨이 사용한 속어 같은 게 당신에게 영향을 미쳤나요?

예상치 못한 속어나 은어를 말하는군요. 난 그런 것은 피한답니다. 그건 대가인 솔 벨로가 도용해왔으니까요. 이 말은 부당한 말인 것 같군요. 솔 벨로 자신이 그걸 발견했을지도 모르니까요. 아무튼 솔 벨로의 그런 언어는 바벨의 언어 구사와 비슷하고, 난 제3자처럼 모르는 체하고 싶진 않군요.

— 솔 벨로의 책 중에서 가장 좋아하는 책은 무엇입니까?

『비의 왕 헨더슨』은 별것 아닌데도 중요한 것이라고 생각하여 옆에 표시를 하게 되면 거의 모든 페이지에 그런 표시를 하게 되는 책이지요. 그 소설은 굉장한 작품이에요. 벨로는 언젠가 나에게 버지니아주에 있는, 말을 키우는 시골에 관해 써보라고 권했답니다. 내가 아내의 가족들과 그곳에 땅이 있는 장인에 대해 얘기해주었을 때였어요. 나는 버지니아주의 말을 키우는 시골에 관해 뭘 쓸 만큼 많이 알지 못한다고 그에게 말했어요. 그곳에 간 게 열 번 정도밖에 안된다고 했지요. 그러자 그가 깜짝 놀랄 말을 했어요. 이렇

게 말했죠. "그렇군. 그런데 말일세, 난 『비의 왕 헨더슨』을
쓸 때 아프리카에 가본 적이 없다네."

—당신의 거의 모든 단편소설은 〈파리리뷰〉〈에스콰이어〉〈그
랜드스트리트〉에 발표되었습니다.

청탁에 응한 경우가 많았어요. 〈에스콰이어〉의 러스트 힐스
는 매우 호의적이었어요. 벤 소넨버그는 〈그랜드스트리트〉
에서 일할 때 아주 유능한 편집자였지요. 〈파리리뷰〉는 나
의 초기 단편 서너 편을 실어주었고, 조지 플림프턴George
Plimpton, 작가, 편집자, 저널리스트은 『스포츠와 여가』를 '〈파리리
뷰〉판'으로 작업할 때 그 책을 출판해주었어요. 내가 〈파리
리뷰〉의 1면에 나온 적은 한 번도 없지만—수없이 많은 사
람들이 1면에 나왔지만 말이에요—난 그 가족의 일원이라
고 생각한답니다.

—〈뉴요커〉는 어떻습니까?

〈뉴요커〉에는 소설을 실어본 적이 없어요. 다 퇴짜 맞았으니
까요. 한번은 거의 실릴 뻔했어요. 나는 「부정의 방식」『아메리
칸 급행열차』에 수록됨이라는 단편을 써서 보냈고, 로저 에인절
Roger Angell, 작가, 편집자로부터 와서 얘기를 좀 나누자는 쪽지
를 받았어요. 나는 조그만 회색 사무실에 그와 함께 앉았
어요. 그가 자신은 그 단편이 무척 마음에 든다고 말하더군
요. 그가 이 작품은 정말 좋은 작품이지만 우린 이걸 실을

수 없을 것 같다고 했어요. 나는 어리둥절했죠. 내가 물었어요. "왜요?" 그가 말했어요. "〈뉴요커〉에는 절대 어기지 않는 두 가지 규칙이 있어요. 첫째는 외설적인 내용은 절대 싣지 않는다는 것이고, 둘째는 작가나 창작 활동에 관한 소설은 절대 싣지 않는다는 것이에요." 나는 뭐라고 말해야 할지 몰랐어요. "그럼 업다이크의 헨리 베크 이야기들은 어떻게 된 겁니까?" 내가 물었지요. 그가 말했어요. "음, 그건 다른 문제예요." 1년인가 2년 뒤에 이 얘기를 솔 벨로에게 해주자 그가 이렇게 말했어요. "나는 그 사람들에게 『희생자The Victim』의 일부분을 실어달라고 요청했는데 그들은 받아들이지 않았지. 자기들에게는 한 번도 어긴 적이 없는 두 가지 규칙이 있다고 했어. 첫째, 외설적인 내용은 절대 싣지 않았다고 하더군. 둘째, 죽음이나 죽어가는 것에 관한 내용은 절대 싣지 않는다는 거야."

— 당신의 최고의 단편은 무엇이라고 생각하십니까?

「아메리칸 급행열차」『아메리칸 급행열차』에 수록됨가 마음에 들어요. 가장 최근에 쓴 단편인데, 가장 잘 쓴 작품이라고 생각해요. 여러 겹의 층이 있는 작품이죠. 겉으로 드러난 게 다가 아닌 작품이랍니다. 나는 그 점이 마음에 들어요. 그 작품엔 내가 도달한 어떤 수준이 담겨 있답니다. 그리고 또 결말이 마음에 들어요. 마지막으로 이 작품은 변호사를 다룬 작품인데, 내가 오랫동안 쓰고 싶어 했던 거예요.

- 당신의 첫 단편은 뭐였나요?

처음으로 발표한 단편은 「탕헤르 해변에서」 『아메리칸 급행열차』 에 수록됐었어요. 또 이런 말 하는 게 묘한 일이긴 하지만, 이 작품은 아마 내가 두 번째로 좋아하는 단편일 거예요. 이 소설에서 내가 좋아하는 것은 매우 주의 깊게 관찰한 느낌 이 든다는 점이에요. 이 소설을 읽는 독자는 맞아, 이건 정 확히 이래, 이건 정확히 그랬어, 하고 느낄 거예요. 나는 다 른 작품들에서도 그 점을 중시한답니다.

- 당신의 소설에서 중요한 부분을 차지하는 것 가운데 하나 는 돈입니다. 또는 종종 소설의 인물들을 파국으로 몰아가 는, 돈의 부재일 수도 있고요.

나는 삶의 중심축은 성적인 것이라고 생각해요. 알다시피, 음악은 바뀌지만 춤은 항상 똑같잖아요. 그러나 우리는 부 와 가난이 중심축이라고 쉽게 말하곤 하는데 미국에서는 그걸 너무 과장해왔어요. 우린 사회적 지위와 돈을 구분하 지 않아요. 1980년대의 진짜 사건은 국가 부채나 방종, 이런 게 아니었어요. 그것은 재산의 약탈이 대규모로 발생했다 는 것인데, 이전 100년 동안은 보지 못했던 일이었죠. 그로 인해 도덕적 평형이 완전히 균형을 잃어버렸고 우리로 하여 금 모든 것의 가치를 수정하게 만들었어요. 사회의 이익을 위한 게 아닌 것으로 수정하게 만든 거죠. 물론 사회는 스 스로 치유해나갈 테지만 말이에요. 그리고 그 많은 돈에도 불구하고 노스포인트 출판사 같은 훌륭한 출판사가 이전처럼 계속 유지되도록 도와주는 돈은 찾아볼 수 없었다는 건 얼마나 서글픈 일이에요. 글쎄요, 우리가 뭘 기대할 수 있겠어요?

– 나는 당신의 작품에 예술가의 죽음이나 실패가 자주 등장한다는 인상을 받았어요. 가우디나 말러를 예로 들 수 있겠군요.

우리는 시인들의 불만에 대해 얘기했고, 우리 사회의 문화나 국가가 자신들에게 합당한 수준의 존경심이나 명예를 부여하지 않는다는 그들의 생각에 대해 얘기했어요. 그중 절반 정도는 나중에 뒤늦게 오지만 말이에요. 우리 문화는 덧없는 것을 소중히 여기는 문화고, 어떤 특정한 것들과 사람을 무시하는 문화예요. 삶의 가장 깊은 본능은 오래오래 지속되는 것, 어떤 가치 있는 것을 하고 싶어 하는 것이라고 생각해요. 그런 것에 열심히 관여하고 싶어 하는 것이라고 생각한답니다. 성취하든 성취하지 못하든 관계없이……. 아마 그래서 예술가들이 내 소설에 등장하는 것일 거예요.

– 시를 쓴 적이 있습니까?

학창 시절에 썼어요. 그 뒤로는 아주 가끔씩 썼고요. 난 간결한 것을 좋아해요. 명사의 힘을 잘 활용한 시를요.

―특정한 시인들이 작가로서의 당신에게 영향을 끼쳤는지 궁금합니다.

아주 많은 영향을 받았죠. 당신도 베리먼을 좋아해야 해요. 로르카, 라킨, 파운드를 좋아해야 해요. 파운드의 『캔토스 The Cantos』는 심원한 시랍니다. 내가 기억하기로는 어렸을 때 학교에서 선생님이 우리를 교실의 뒤쪽에 세웠어요. 그리고 우리가 외운 시들을 암송하게 했지요. 그 시들이 마음속에 있는 거예요. 대개는 부분적으로만 남아 있지만 말이에요. 팝송이나 광고의 구절과 마찬가지로 그것들은 내 기억 속에 평생 남아 있을 거예요. 그건 사라지지 않는답니다. 영문학 시간에 배운 시인들도 있어요. 키츠와 셸리. 난 그들을 좋아하지 않았는데, 그 이유는 아마 그 시인들을 존경해야 한다고 배웠기 때문인 것 같아요. 바이런, 테니슨은 좋아했어요. 어린 남학생이 좋아할 만한 얼마간 단순한 시인들이 있지요. 하우스먼A. E. Housman을 좋아했던 기억이 나요. 나는 이렇게 말했어요. 아, 내 천성에 딱 맞는 시인이 여기 있네. 게다가 난 이 사람의 언어가 마음에 들어. 나는 그 뒤에 하우스먼이 그다지 중요한 시인이 아니라는 걸 알게 되었지만 그래도 난 여전히 그에게 호감을 가지고 있답니다. 우리가 젊었을 때 알던 사람에 대해서는 으레 그러듯이 말이에요. 우린 그때는 우리의 감정이 충동적이었다는 걸 깨닫게 되죠.

–파운드는 반짝이는 순간들로『캔토스』를 구성하려고 생각
했죠. 그건 당신이 몇몇 장편소설에서 추구했던 것과 크게
다르지 않은 것 같은데요.

예, 다르지 않아요.

–언제 나보코프가 당신의 작품에 영향을 미치게 되었는지
궁금합니다.

아, 그에 대해 말하는 걸 잊어버리고 있었군요. 존경스러운
작가죠. 훌륭한 작가 중 한 사람이에요. 그가 언제『말하라,
기억이여』를 썼죠? 나는 〈뉴요커〉에 실린 일부 내용을 읽
고 그 목소리에 즉시 매혹되었어요. 음, 여기 시인이 있군.
당신은 당신 자신에게 말하고 있어, 블라디미르. 우리 정직
하자고. 당신은 시인이야. 그런데 긴 산문으로 글을 쓰고 있
을 뿐이야. 이 글은 아주 좋아. 그런데 우린 당신이 정말로
관심을 가지고 있는 게 뭔지 알아. 나는『말하라, 기억이여』
를 이처럼 대단히 탁월한 책으로 여긴답니다. 난 이 책이
그의 최고의 작품이라고 생각해요.『롤리타』의 전반부는
매우 강렬해요. 메리 매카시Mary McCarthy. 미국 작가, 비평가, 정치
행동가가 가장 좋아하는『창백한 불꽃Pale Fire』역시 상당히
강렬한 소설이에요. 그렇지만『말하라, 기억이여』는 잊을 수
없는 작품이랍니다. 이 작품은 읽고 또 읽을 수 있어요. 이
책에 담긴 개념과 상상력의 도약과 언어는 본질적으로 시
적이에요. 처음 그의 작품을 읽었을 때 난 속으로 생각했지

요. 이제 그만 읽는 편이 낫겠어. 그러나 얼마 후면 그걸 잊어버리게 돼요.

―그는 과학자의 열정과 시인의 정확성을 결합해야 한다고 말했습니다. 당신은 그가 문체 면에서 당신에게 영향을 끼쳤다고 생각하지 않는지 궁금하군요.
나에겐 나보코프와 같은 영리함이 없답니다. 나로서는 그가 분필로 마룻바닥에 표시해놓은 대로 발을 움직여 춤을 추는 건 소용없는 일일 거예요. 하지만 그가 내게 영감을 준다는 걸 알고 있어요.

―그를 인터뷰하지 않았나요?
내가 수행한 초기 저널리즘 활동 가운데 하나가 나보코프를 인터뷰하는 일이었어요. 사람들이 말하더군요. 우선 알아야 할 것이 그는 서면 인터뷰만 한다고요. 질문지를 만들어서 미리 보내야 한다고요. 그래서 나는 자리에 앉아 우리가 아주 예리한 질문이라고 생각한 열 개의 질문을 썼어요. 그건 내가 다시 보고 싶지 않은 질문들이었지요. 그걸 나보코프에게 보냈어요. 물론 답장이 없었어요. 하지만 만약 내가 유럽에 온다면 그를 만나 얘기할 수 있을 거라는 답을 듣게 되었어요. 나는 유럽으로 가서 파리에 머물렀지요. 겨울이었어요. 내가 있는 곳은 여전히 따로 떨어진 수화기를 귀에 대고 통화하는 옛 프랑스식 전화기가 비치된 호텔이었어요. 나는 나보코프와의 면담을 주선해준 제네바 주재 〈타임〉 직원에게 연락했는데, 그가 인터뷰가 취소되었다는 가슴 아픈 소식을 알려주더군요. 나보코프가 마음을 바꾼 거예요. 내가 말했죠. "유럽까지 왔는데 어떻게 그럴 수가 있어요?" 아무튼 그는 인터뷰를 취소했고, 나는 어떻게 해야 할지 몰랐어요. 그 직원이 말하더군요. "나보코프에게 직접 전화해보지 그래요?" 그 생각은 상상할 수 없는 것이었어요. 누가 나에게 교황에게 직접 전화해보지 그래요, 라고 말하는 것과 비슷했으니까요. 하지만 다른 대안이 없었으므로 나는 전화를 했어요. 몽트뢰팰리스 호텔입니다, 하는 목소리가 들렸고, 나는 나보코프 씨와 통화하고 싶다고 말했지요. 전화벨이 울렸고, 당연히 난 무슨 말을 해야 할지 몰랐어요. 여자가 전화를 받았어요. 베라 나보코프였지요.

나는 내가 누구인지, 왜 전화를 했는지 설명했어요. 그녀가 말했어요. "오, 안 돼요. 제 남편은 인터뷰를 할 수 없어요. 몸이 좀 안 좋거든요. 질문할 내용을 글로 써서 보내주세요." 나는 그렇게 했는데 답장이 없었다고 말했어요. 그래도 그녀는 남편은 글로만 답한다는 말을 되풀이했어요. 제 남편은 즉흥적인 말은 하지 않는다는 말씀을 드려야겠군요, 그녀가 말했어요. 그렇지만 난 이곳 유럽까지 왔으므로 그가 나에게 약간의 시간을 주지 않을지 알아봐주면 참 고맙겠다고 말했어요. 그저 답변에 추가하여 표현할 수 있는 약간의 물리적인 인상을 얻을 수만 있으면 좋겠다고 했지요. 그녀가 수화기를 내려놓았어요. 나는 그녀가 잠시 창밖을 바라보고 나서 다시 수화기를 집어 들고 "죄송해요, 그이가 안 되겠다고 하는군요" 하고 말하는 모습을 상상했답니다. 그러나 놀랍게도 그녀는 다시 돌아와서 이렇게 말하는 거였어요. "남편이 일요일 오후 5시에 몽트뢰팰리스 호텔 그린바에서 당신을 만나겠답니다." 그녀는 착오가 없도록 날짜와 시간을 다시 한 번 반복해서 말했어요.

일요일 오후 5시에 엘리베이터 문이 열리더니 블레이저코트에 회색 바지를 입은 키 큰 남자와 예쁜 정장 차림의 백발의 여자가 걸어 나왔어요. 나보코프 부부였어요. 나는 그를 즉시 알아봤죠. 그들이 탁자로 왔어요. 나는 조금 긴장했답니다. 난 유능한 저널리스트가 아닌 데다가 나보코프가 즉흥적인 말을 하지 않는다는 걸 알고 있었어요. 그런 이유로 난 녹음기를 가져올 수 없었고, 같은 이유로 메모를 할 수도 없다는 걸 알고 있었지요. 내가 의지할 거라곤 트루먼 커포티를 흉내 내는 것뿐이었어요. 트루먼 커포티는 도쿄에서 말런 브랜도와 술을 마시며 밤새 얘기를 나눴는데, 다음 날 그는 말런 브랜도와 나눈 모든 대화를 정확히 써냈답니다. 그 글이 〈뉴요커〉에 실렸지요. 나는 생각했어요. 커포티가 술을 마시며 밤새 그럴 수 있었다면, 내가 나보코프와 술 없이 30분을 그렇게 하는 것도 틀림없이 잘 해낼 수 있는 일이라고 말이에요. 나는 모든 힘을 짜내서 이런 말을 했답니다. 난 그가 한 모든 말을 집중해서 들으려 한다, 솜씨 있게 진행하려 하거나 내가 무슨 말을 해야 할지에 대해서는 생각지 않으려 한다고요. 나는 단지 그의 말을 듣고만 싶었던 거예요. 끝나고 보니 약 45분이 흘렀더군요. 우리의 분위기는 아주 좋았어요. 이윽고 그가 말했어요. "우리, 한 잔 더 할까요?" 그가 즉흥적으로 스카치소다를 말하는 것이었어요. 그러나 한 잔을 더 마시면 내가 기억한 내용이 지워지기 시작할지 모른다는 걱정이 들었지요. 그래서 그만하겠다고 양해를 구했어요. 우리는 그렇게 계속 어울리다가 저녁 식사까지 함께하게 될 것 같다는 생각이 또렷이 들었는데 난 그게 두려웠어요. 나는 시간을 너무 많이 뺏어서 죄송하다는 말을 하고 즉시 기차역으로 갔지요. 거기서 기억하고 있는 모든 것을 적었어요. 물론 순서대로 적은 것은 아니에요. 하지만 다 적으니 네댓 페이지가 되었고, 그걸 바탕으로 인터뷰를 구성했지요. 그건 꽤 정확했다고 말할 수 있답니다. 나는 기차를 놓쳤지만 기억을 살려낸 거예요.

─저널리즘 활동의 일환으로 다른 사람들도 인터뷰했습니까?
많지는 않아요. 그레이엄 그린, 안토니아 프레이저, 한수인 韓素音을 인터뷰했어요.

─그린은 어떤 인상이었습니까?
나는 그린을 존경해요. 그의 경우, 나는 그에 대해 아는 게 거의 없었으므로 그의 모든 책을 읽는 데 애를 먹었어요. 그것만으로도 그 인터뷰는 가치가 있었답니다. 나중에 그는 나에게 여러 차례 편지를 썼는데, 주로 간결하면서도 진심이 담긴 글이 돋보이는 편지였지요. 그의 서명도 인상적이었어요. 그동안 내가 보아온 것 가운데 가장 작은 필체로 쓴 서명이었어요. 마치 수평으로 선 하나만 그은 것 같은 서명이었지요. 그는 나에게 저널리스트냐고 물었어요. 호기심에서 물은 것인지 미심쩍어서 물은 것인지 난 잘 모르겠어요. 나는 아니라고 말했어요. 나도 그이처럼 작가이며 소설을 몇 권 썼다고 했어요. 그가 자기한테 한 권 보내달라고 말했고, 나는 『가벼운 나날』을 보냈지요. 그가 다시 편지를 보냈는데, 당신의 소설은 무척 감동적이며 그중에서도 세 페이지는 더없이 훌륭하다고 썼더군요. 그 페이지들을 밝히면서 말이에요. 나는 즉시 책을 가져와서 그 페이지들을 펼쳐보았죠. 알고 보니 그 세 페이지 모두 대화 방식이나 글맛 같은 여러 가지 이유로 희미하게나마 그레이엄 그린 식의 분위기를 띠고 있었던 거예요.

그는 친절했어요. 그 책이 영국에서 출간되었는지 알고 싶어 하더군요. 나는 아니라고, 그곳 출판사들이 출간을 거절했다고 말했지요. 그가 말했어요. 그 책을 보들리헤드The Bodley Head. 1887년 설립된 영국 출판사에 보내봤어요? 그는 그곳 사람들과 밀접한 관계를 맺고 있었죠. 그의 형이 그 출판사의 이사였던 것 같아요. 내가 말했어요. "예. 하지만 보들리헤드도 출간을 거절했어요." 그가 말했어요. "무슨 이유로 거절한 거죠?" 돈이 되지 않을 것 같다고 생각한 거죠, 내가 말했어요. 그건 책을 출간하지 않는 이유가 될 수 없어요, 내가 한번 물어볼게요, 라고 그가 말하더군요. 그가 그 책의 출간을 주선해주었고 그래서 책이 나오게 되었는데, 출판사 사람들의 생각이 옳았어요. 하지만 물론 그린의 생각도 옳았지요.

– 전반적으로 당신의 저널리즘 활동을 어떻게 생각하는지요?
생계를 꾸려가기 위한 수단이었어요.

– 시나리오작가로 일한 것에 대해서는 어떻게 생각합니까?
1950년대에 유럽의 영화감독들이 갑자기 나타났어요. 트뤼포, 펠리니, 안토니오니, 고다르 등이 말이에요. 그들은 영화에 대한 전반적인 생각에 새로운 빛을 던져준 것 같았지요. 60년대 중반 언젠가부터 뉴욕필름페스티벌이 시작되었어요. 그 모든 게 매혹적이었답니다. 그건 마치 깃발이 나부끼고 드럼 소리가 울리는 악대의 행진 같았어요. 그리고 물론 나는 그 시기엔 뭐든—소네트든 오페라 대본이든 연극 대본이든—쓸 수 있다고 생각했지요. 어떤 사람이 날 찾아와서 말했어요. 영화 대본을 써보지 않겠어요? 거기서부터 일이 시작된 거지요.

─ 어윈 쇼의 단편을 바탕으로 당신이 만든 영화 〈세 타인들 Three〉은 칸영화제에서 큰 성공을 거두었어요. 그때 당신은 놀랐나요?

뜻밖의 기쁜 소식에 깜짝 놀랐죠. 그렇지만 그 영화는 결과적으로는 내가 해온 모든 일과 비슷했어요. 그 영화를 좋아하는 팬들이 있었고, 그중 일부는 열렬한 숭배자였죠. 반면에 대중은 완전히 무관심했어요. 어디선가 그 영화는 본질적으로 식사와 와인에 관한 영화라고 말했어요. 어쩌면 내가 그렇게 표현했는지도 모르겠군요. 그건 아마 사실이 아닐 거예요. 아무튼 난 감독으로서는 다소 부족했어요. 지금은 그걸 알아요. 배우들과 함께 더 많은 시간을 보내고 영화의 심리적인 면에 훨씬 더 많은 시간을 들여야 했는데 그러지 못했어요.

– 독창적인 영화감독이 되고 싶은 강렬한 야망이 있었습니까?

예. 모든 사람이 바라는 거잖아요.

– 당신은 10여 년의 세월을 영화계에서 보낸 뒤에 영화계를 떠
났어요. 그런데 지금은 그 일을 적잖이 무시하는 것처럼 보
이는군요.

그럴 만한 곳이에요.

– 그 세월을 후회합니까?

꼭 그런 건 아니에요. 내가 영화계에 관여하지 않았더라면
보지 못했을 많은 장소의 내부를 보기도 했으니까요.

- 영화 관련 일을 더 이상 하지 않겠다고 결심하니 해방감이 느껴졌나요?

갑작스럽게 결정한 건 아니에요. 이 일을 덜 하고 싶다고 생각했고, 그다음에는 훨씬 덜 하고 싶다고 생각했고, 그다음에는 전혀 안 하겠다고 생각한 거예요.

- 저널리즘이 더 나은 대안이었나요?

보수의 규모가 같지 않아요. 로렌조 셈플Lorenzo Semple. 미국 각본가과 내가 동의하듯이, 영화 작가는 이 세상에 한 일에 비해 가장 과도하게 보수를 많이 받는 무리 중 하나랍니다. 어떤 의미에서 영화 일은 무보수로도 할 수 있을 거예요. 그 일을 하는 게 재미있어서 말이에요. 그런데도 엄청 돈을 받는답니다.

- 당신이 시나리오 작업을 한 것은 암적인 것이었나요?

영화는 본질적으로 정신을 산만하게 하는 것이에요. 위로의 힘을 지닌 영화는 아주 드물죠. 시나리오 작업이 암적인 것인지 아닌지는 말하기 어려워요. 그레이엄 그린 같은 인물도 있으니까……. 그에게는 영화가 전혀 해롭지 않았다고 생각해요. 그는 영화계에서 광범위하게 활동했죠. 소설가와 전업 감독 일을 병행하면서도 그 두 가지를 다 잘 해내는 것처럼 보이는 존 세일즈 같은 사람도 있어요. 그러나 일반적으로 말해서 그들은 결국 계산할 일이 많은 사람이 되죠. 영화 시나리오를 써온 사람은 다른 사람들에게 대접을 많이 해온 사람이기 십상이에요.

영화는 단일한 연기예요. 그리고 연기로 기억되죠. 영화는 다시 연기되는 법이 없어요. 영화는 살아 있는 게 아니에요. 때로는 수년 후에 리메이크되기도 하지만, 그러나 그 안에 있는 모든 것은 전적으로 고정되고, 언제나 그렇게 고정되어 있을 거예요. 영화는 위대한 산문과는 달라요. 위대한 산문은 한 비평가가 지적했듯이 처음에는 어느 한곳에서 불이 붙고 다음에는 다른 곳에서 불이 붙는답니다. 나는 영화를 경멸하는 투로 말하는 경향이 있지만, 어떻게 말하든 간에 영화는 미국 문화에서 최고의 위치를 차지해왔어요. 영화는 의심할 나위 없이 글쓰기의 적이지요. 이건 해결할 수 없는 문제예요. 이게 사실이랍니다. 나는 가끔 글을 쓰는 학생들과 얘기를 나누는데, 자연스럽게 그들의 첫 관심사는 영화예요. 심지어 뛰어난 작가와 글쓰기 교사들 중에서도 시나리오작가가 꿈인 사람들이 많아요. 그들이 왜 이런 꿈을 가지고 있는지 우린 알지요. 그중 하나는 돈이고, 다른 하나는 유명한 배우와 함께 붐비는 식당 안으로 걸어 들어가는 것이에요. 아마 대통령과 함께 여행하고 싶은 것과 같은 감정일 거예요. 그러면서 이게 일종의 진짜 예술일 거라는 환상을 품지요. 그러나 대개의 경우 그 모든 것은 사라진답니다. 그리고 거기에 들인 시간은 낭비한 시간인 거죠. 글쓰기에 관심이 있는 사람에게는 말이에요.

－자서전을 쓰는 것은 어느 정도의 나이에 접어들었다는 신호
입니까?

사람들이 말하길 백발의 청춘일 때 자서전을 써야 한다고
하더군요. 난 조금 오래 기다렸는지도 몰라요.

－과거의 경험을 다시 생각하고자 하는 충동이 있습니까?

나는 과거에 무슨 일이 일어났으며 그것의 진정한 의미는
무엇이었는지 생각하고 그걸 되살려내는 데 기쁨이 있다고
생각해요. 거기엔 전반적인 진실의 문제가 있어요. 우리에
겐 우리의 삶을 만들어내고 그것이 진실이라고 주장할 권
리가 충분히 있어요. 우린 이미 사실과 허구가 모호하게 뒤
섞인 것을 보아왔어요. 자신들의 책을 논픽션 소설이라고,
즉 논픽션 허구라고 설명한 작가들을 보아왔어요. 나는 다
소 고전적인 관점을 지지해요. 우리가 알 수 있는 한 객관
적 진실 같은 게 있다고 믿지요. 빅토르 위고의 『관찰한 것
들Choses vues』이 하나의 예랍니다. 아무도 신의 진실을 알
수 없지만, 우리가 쓰고 있는 것은 신의 진실이 아니에요.
그건 우리가 알고 있는 것으로서의—우리가 관찰한 것으
로서의—진실인 거죠. 나는 틀릴 수 있어요. 우리 모두가
다 그래요. 그 안에 실수가 있을 수 있는 거예요. 그러나 그
것은 의도적인 실수나 부주의함에서 비롯된 실수는 아니에
요. 그건 단지 우리 모르게 기어든 실수죠.

- 당신의 책상에 『아웃 오브 아프리카』가 놓여 있는 것을 보
  았습니다. 당신이 "그 책에 쓰지 않은 것들에서 느껴지는 그
  녀의 용기"에 대해 이사크 디네센을 칭찬했을 때, 그건 무슨
  뜻이었습니까?

  나는 그 책을 하나의 모델로 삼고 있어요. 알다시피 그녀에
  게는 자신에게 매독을 옮긴 남편이 있어요. 그녀에게도 어
  린 시절이 있고 결혼 생활이 있지요. 연애 사건도 있고요.
  우리는—나는 그녀의 전기를 읽어보지 못했어요—엄청 많
  은 일들이 그녀에게 일어났다는 것을 느낍니다. 그렇지만
  이런 얘기들이 이 소설 『아웃 오브 아프리카』에는 없어요.

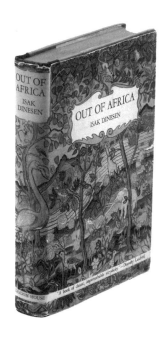

남편이 간략하게 언급되고, 그녀의 아버지도 짧게 언급될
뿐이죠. 다른 많은 인물들도 마찬가지예요. 우리는 이 여자
와 이 여자의 삶에 대해 매우 강렬한 느낌을 가지게 되죠.
그녀를 알고 있는 느낌이 들어요. 그럼에도 그녀는 이를테
면 치마를 올리거나 이불을 까는 것 같은 사소한 것들을
보여줄 의무는 없었어요. 나는 그 점을 존경한답니다. 난 어
떤 중요한 것들을 얘기하고 시시콜콜한 얘기는 하지 않는
책을 쓰는 게 재미있을 거라고 생각했어요.

─ 당신은 민간인 생활로 돌아온 후 전쟁의 경험에 대해 얘기
　하는 것을 그만두었다고 쓴 적이 있는데, 이제 다시 그 얘기
　를 쓰는군요.
　전쟁의 경험에 관해 얘기하는 것은 아무 소용이 없었어요.
누구와 전쟁에 관해 얘기를 나눌 수 있었겠어요? 파티장에
서 플로에스티 공습 작전에 참가했던 일이나 베트남에서 했
던 일에 대해 얘기하는 사람은 대개는 그걸 평범하고 사소
하게 만들어버리지요. 그걸 얘기하려면 적합한 청중이 있어
야 하는 거예요. 또한 그 얘기를 쓸 때는 정확히 내가 원하
는 방식으로, 그리고 독자가 작품에 흠뻑 빠질 거라고 생각
되는 방식으로 그걸 정리할 기회를 가져야 해요.

─ 그런데 왜 자서전입니까?
　이 모든 것은 내 것이야─이 도시들, 이 여자들, 집들, 하루

하루의 나날, 이 모든 게 내 것이야, 라고 말하던 그 시간들을 되찾기 위해서죠.

– 글을 쓰고자 하는 궁극적인 충동은 무엇이라고 생각합니까?
궁극적인 충동이요? 이 모든 게 다 사라질 것이기 때문이에요. 남아 있는 거라곤 산문과 시, 책, 그리고 글로 기록된 것들뿐이겠죠. 인간은 참으로 다행스럽게도 책을 만들어냈어요. 책이 없다면 과거는 완전히 사라질 것이고, 우리에게 남겨진 것은 아무것도 없을 거예요. 우린 이 세상에 벌거벗은 채로 있겠죠.

나가며

존 케이시

만약 제임스 설터의 책을 한 권도 읽은 적이 없다면 이 강연집을 먼저 읽어봐야 하지 않을까? 그럴지도 모르겠다. 그럴 경우 당연히 첫 번째 강연인 「소설의 기술」을 읽어야 할 것이다. 그러면 그의 목소리, 그의 리듬―더없이 시의적절하게 뚝 끊음으로써 기분 좋은 놀라움을 자아내는 리듬―을 감지할 수 있을 것이다. 다시 말해서 우리는 뚝 멈추고 그 메아리가 명확히 얘기하게 하는 데 동의할 것이다.

첫 번째 강연은 주로 몇몇 위대한 소설 작품에 관한 내용이다. 설터가 마음 깊이 공감하고 예찬하는 작품들이다. 이사크 바벨의 예를 들면, 설터는 어떻게 해서 그의 이름을 처음 듣게 되었는지 언급한다. 설터가 마흔네 살 때였다. "로버트 펠프스를 만나기 전까지는 내가 아는 모든 것은 나 스스로 배운 것이었습니다. 내 취향을 스스로 형성했지요. 그런데 펠프스가 내게 새로운 작가들을 소개해주고 기존의 많은 작가들을 재정립해줌으로써 나의 취향을 세련되게 다듬어주었습니다."

이것은 너그럽게 인정하는 것이다. 설터는 너그러운 사람이었다. 그러나 그의 너그러움에는 정확함이 있었다. 설터의 목록에 등장하는 그가 본보기로 삼는 몇몇 작가들에 대해서는 재치 있는 정확함을 보여준다. 설터는 헤밍웨이에 대해—강연에서가 아니라 다른 데서— 이렇게 말한 적이 있다. "헤밍웨이는 글쓰기 습관에서나 생활 습관에서나 수모의 기회를 놓치지 않는 사람이었다."

설터는 바벨의 소설에 대한 펠프스의 추천을 받아들였다. "펠프스가 '이걸 먼저 읽어보세요'라고 했죠. 그건 「나의 첫 번째 거위」라는 단편소설이었습니다."

나는 대학원 세미나에서 바벨의 붉은 기병대에 관한 작품 전부와 강렬한 오데사 이야기에 관한 작품 일부를 일주일 일정 안에 전부 배정하여 진행한 적이 있는데, 펠프스는 그때의 나보다도 더 똑똑했다. 대학원생들에게 그 일은 너무 버거웠다. 많은 분량 때문에 버거운 것이 아니라 소름 끼치도록 아름답게 쓰인 소름 끼치는 폭력의 충격이 버거운 것이었다. 한국전쟁 때 전투기 조종사로 참전했던 설터는 "바벨의 소설을 여러 번 되풀이하여" 읽었다. 설터는 바벨이 어떻게 "하느님의 관용에 힘입어 그의 주위에서 일어나는 아수라장 같은 상황을 다소간 조감할 수 있었는지" 설명한다.

설터는 한동안 '작가의 작가writers' writer'로 불렸다. 그것은 칭찬일 수 **있다.** 사실 자격을 갖춘 동시대 문학인 중에서도 한

나가며

결 뛰어난 문인들 가운데에는 설터를 열렬히 숭배하는 사람이 많다. 그러나 '작가의 작가'라는 말은 오프라인 서점이나 온라인 서점을 둘러보는 사람들을 끌어들이는 광고문이 아니다. 그것은 또한 불행히도 '신사의 신사gentleman's gentleman. 시종, 하인이라는 뜻'라는 말과도 일맥상통하는 울림을 지니고 있다.말은 멋있지만 실속이 없다는 의미. 리처드 포드는—그에게 복이 있기를!— 나인티세컨드스트리트와이92nd Street Y. 뉴욕 맨해튼에 있는 유서 깊은 문화 예술 센터에서 자리를 가득 메운 청중에게 서로를 소개하지 말고, 단순히 각자 자신의 이름을 말한 다음 강연을 시작하자는 설터의 제안에 동의했다. 설터가 일어나서 강연대로 걸어갈 때 포드는 설터가 들으라는 듯이 혼잣말을 했다. "이제는 더 이상 아무도 '작가의 작가'라고 말하지 않겠군."

"나도 그러길 바라네." 설터가 대꾸했다.

'캐프닉 저명 전속 작가'캐프닉Kapnick 가문의 후원으로 미국의 저명한 작가나 시인을 버지니아대학으로 초빙하여 한 학기 동안 문학에 관한 활동을 지원하는 제도 직위는 1950년대 중반 윌리엄 포크너가 보유했던 직위포크너는 당시 후원자의 이름에 따라 '볼치Balch 전속 작가'라 불림를 다시 제정하려는 의도 아래 만들어진 것으로 기부자의 딸이 제안한 아이디어였다. 내 머릿속에서는 그 직위를 이미 존재하는 예술대학원의 교수 요원을 추가하는 것으로 활용하기보다는 하버드대학교의 노턴 강연을 본보기로 활용하는 것이 서로에게 좋은 적합한 방안일 것이라는 생각이 떠올랐다. 포크너는 교수 요원이 아니었고 노턴 강연 요원도 아니었다. 한 학장의 생각은 그 직위는 3년에서 5년 사이로 하고, 노벨상이나 그에 버금가는 상을 수상한 사람에게 주어져야 한다는 것이었다. 나는 편안하게 몇 가지 예비 질문을 던졌다. 그중 단호한 답변 하나는 "나는 **직업**을 갖고 싶지 않아요! 그렇지만 다소 짧은 기간 동안 방문하여 일련의 강연을 한다면 행복할 것 같네요. 한두 차례 낭독회를 하고, 학생들에게 얘기를 들려주는 것도 좋을 것 같고요." 우리는 자료를 모았다. 문학상 수상자 목록을 받기도 했다. 문학상 위원회가 언제나 바르고 타당한 것은 아니다. 노벨상도 부커상도 퓰리처상도 전미도서상도 다 그렇다. 우리는 누구를 사랑하는가? 제임스 설터.

그 생각은 아주 많은 측면 지원을 받았다. 그리하여 설터의 첫 번째 강연에서 강연장이 가득 찼으며 두 번째와 세 번째 강연 때는 서 있을 자리 말고는 빈자리가 없었다. 낭독회 때는 더 큰 강당이 필요했다.

강연을 소개하는 우리 셋은 각자 자신이 가장 좋아하는 설터의 소설을 골랐다. 소설가이자 버지니아대학 출판국 국장인 마크 샌더스는 작품의 단일한 이중성에 커다란 기쁨을 느끼는 『스포츠와 여가』를 골랐다. 크리스토퍼 틸먼은 단편집 『아메리칸 급행열차』를 골랐다. 그는 작가로서 자신의 발전에 그 작품집이 굉장한 기여를 했다는 사실을 인정했다. 나는 『가벼운 나날』을 골랐다. 그것은 내가 1980년대 초에 설터의 작품 가운데 처음 읽은 소설이었는데, 그 작품을 읽으며 나는 어안이 벙벙할 정도로 깜짝 놀랐다. 나는 설터의 첫 번째 강연 도중에야 그 작품에 대한 반응이 안 좋았다는 것을 알게 되었다. 그는 그 책이 "성공적이지 않은 것으로 드러났어요. 책이 나왔는데, 〈타임스〉의 두 번에 걸친 서평에서 가혹하고 냉담한 평을 받았죠"라고 했다. 나는 타이핑한 강연 자료 9쪽 여백에 썼다. "나중에야 온당하게 평가받다!" 그 작품은 1975년에 처음 출판되었는데, 이후 절판되는 일 없이 계속 출간되고 있다. 앞으로도 오랫동안 그러할 것이다. 나는 그 책을 두 번 읽었고 그러고도 여러 번 가장 좋아하는 구절을 찾아 그 책을 뒤적였으며 그때마다 설터의 문장이 얼마나 명료하고 얼마나 간결한지 새삼 느끼곤 했다.

나는 『스포츠와 여가』를 세 번 읽었다. 처음 읽었을 때는 좋긴 했으나 전부를 다 이해하지는 못했다. 나는 성애적인 장면의 에너지에 아찔했다. 두 번째 읽었을 때는 무척 좋았다. 특히 프랑스에 대한 예찬이, 프랑스의 조그만 도시, 읍, 시골 등에 대한 예찬이 좋았다. 작품의 모든 것이 한데 어우러져 내게 찾아든 것은—'단일한 이중성'이 찾아든 것은—마크 샌더스와 점심을 길게 하며 주의 깊게 그의 얘기를 들은 뒤 세 번째로 읽었을 때였다. 거기에는 애정사가 있다. 그리고 그 애정사의 당사자인 남자를 부러워하는 친구가 1인칭 서술자로 나온다. 서술자는 상상을 한다. 상상을 하되 기이하게도 다 알고 있는 것 같다.

설터는 프랑스와 프랑스 문학을 사랑했다. 그는 발자크의 『고리오 영감』의 핵심적인 구절을 에리히 아우어바흐가 그의 걸작 비평서 『미메시스』에서 했던 것만큼이나 잘 설명한다. 『스포츠와 여가』는 매우 프랑스적인 소설이면서 동시에 미국적인 소설이기도 하다. 두 명의 미국 남자, 즉 사랑에 빠진 남자와 상상하는 남자는 보이지 않는 대서양 횡단 케이블에 의해 미국과 연결되어 있다. 각기 프랑스에서 일종의 도피처를 찾았으나 둘 다 도피자가 아니다. 프랑스 여자도 연계되어 있으나 그것은 꿈이다. 그녀의 연인이 그녀를 신세계의 새로운 삶으로 데려다줄 거라는 꿈이다. 그 소설은 출판이 거절당했다. 작품의 진가를 알아보고 출판을 주선해준 사람은 조지 플림프턴이다. 그들이 프랑스에서 만났던 게 우연한 촉매제 역할을 했다.

설터의 삶은 우연으로 가득하다. 이것은 부분적으로는 그가 여러 다양한 지역에서 살며 여러 가지 활동(웨스트포인트사관학교, 제2차 세계대전 당시 미 육군 항공단 입대 및 한국에서의 공군 복무, 그 이후 뉴욕 미들버그와 어퍼빌, 버지니아, 파리에서의 문학 활동, 프랑스 알프스 등반, 스위스 알프스에서의 스키, 미국과 이탈리아에서의 영화제작, 몽트뢰에서의 나보코프와의 저녁 대화 등)에 관여했기 때문이다. 그러나 그의 삶이 우연으로 점철된 더 큰 이유는 그가 호기심이 많고, 관찰력이 예민하고, 시각적 기억력과 언어 기억력 모두 굉장히 뛰어나다는 점 때문이다. 그는 또한 사람을 좋아하는 충동에 곧잘 자신을 내맡긴다. 그의 자서전인 『버닝 더 데이즈』에는 누군가와의 만남에 관한 짧은 문단이 자주 나오는데, 그런 문단의 끝이 "나는 즉시 그가 좋아졌다"나 "그녀는 진실한 사람이었다"로 끝나는 경우가 많다.

나가며

오래전에 나는 차를 몰고 워싱턴으로 가서 설터의 강연을 들었다. 강연이 끝난 뒤 그에게로 가서 내가 얼마나 그의 연설을 좋아하는지 얘기하고 그에게 질문을 하나 했다. 그가 말했다. "우리랑 같이 저녁 드시지 않을래요?"

그 뒤 수십 년 동안 나는 그의 책들을 더 많이 읽었다.

우리의 첫 번째 '캐프닉 저명 전속 작가'를 초빙할 때가 되었다. 나는 나의 대리인에게서 설터의 주소를 받았다. 내가 보낸 편지의 문단 가운데 하나는 이렇게 시작했다. "선생님은 기억하지 못하겠지만……." 그는 이 대학에 오는 것에 관심이 있으며 우리의 만남을 잘 기억하고 있다는 답변을 보내왔다. "당신은 우리를 차에 태우고 식당에 갔잖아요. 당신은 언젠가 이탈리아에서 지낸 듯 이탈리아어로 '교통 흐름이 원만치 않네' 하고 혼잣말을 했었죠." 맞다. 내 이탈리아 친구는 종종 "일 트라피코 논 에 플루이도'교통 흐름이 원만치 않네'라는 뜻의 이탈리아어" 라고 투덜거렸었다.

나는 『버닝 더 데이즈』를 읽었다. 24쪽. "오찬에서 나는 녹색 눈의 젊은 여자 옆에 앉았다. 그녀는 시인이었는데 책에서는 아무것도 배우지 못한다고 도도하게 선언했다. 우리는 인생에서, 열정과 경험에서 배우는 거라고 했다. 70대의 멋진 노인인 주인은 그녀의 말에 동의하지 않았다. 노인의 머리는 하얬다. 그의 목소리에는 나이에서 오는 흐릿한 쇳소리가 배어 있었다. '그렇지 않아요. 내가 배운 모든 것은,' 그가 말했다. '책에서 왔어요. 책이 없었다면 난 어둠에 빠져 있었을 거요.'"

나는 그 "나이에서 오는 흐릿한 쇳소리가 배어 있는" 멋진 노인의 목소리를 오랫동안 들어왔다. 나는 그 노인이 어떻게 책을 읽는지 알았다. 그 노인은 내가 가장 좋아하는 커티 고모부인 듯싶었다.

나는 읽기를 멈추고, 책 읽기를 멈추게 한 구절을 적은 쪽지를 설터에게 보냈다. 쪽지 말미에는 "커티 반스?"라고 덧붙였다. 답이 왔다. "예. 난 그분을 좋아했어요. 그분이 한 말들 때문에 더욱더 좋아했죠."

다음 문장을 미리 읽었더라면 이 모든 게 확인이 되었을 것이다.

"나는 그가 발자크에 대해 말하고 있는 것인지 스트린드베리에 대해 말하고 있는 것인지 아니면 그의 여동생의 남편인 존 오하라에 대해 말하고 있는 것인지 제대로 알지 못했다."

나 자신이 제임스 설터의 우연의 그물 언저리에 걸린 것을 발견하게 된 것은 소설적인 즐거움이었다. 그것은 인연이었다. 그게 더 중요했다. 나는 커티 반스 고모부를 좋아했다. 우정의 공유는 좋은 출발점이다. 책의 공유도 그렇다. 설터가 2014년 캐프닉 전속 작가 프로그램을 시작하며 샬러츠빌에서 거주했을 때, 나와 아내는 그와 그의 아내 케이와 함께 우리 집 뒷베란다나 그의 셋집에서 마음이 통하는 친교를 한껏 나누며 복된 인디언 서머와 가을을 보냈다.

짐제임스의 애칭은 이야기를 아주 잘했다. 쉽고 간결하게 얘기했다. 자신의 이야기도 잘했고, 들었거나 책에서 읽은 이야기도 잘했다. 그 가운데는 『아웃 오브 아프리카』를 쓴 이사크 디네센『아웃 오브 아프리카』는 작가의 본명인 카렌 블릭센으로 출간했다과 프랑스인 수플리에 이야기도 있었다. 소플리에는 산속 오지로 올라갈 생각에 정신이 팔려 있다. 자살을 할 생각인 것이다. 소플리에는 작별 인사를 하려고 이사크 디네센의 집에 들른다. 그녀는 집에 있는 와인 가운데 가장 좋은 와인을 한 병 가져온다. 프랑스인은 첫 모금을 마신 다음 속삭이듯 반전의 한 마디를 한다. "**파뮤**Fameux." 그것은 '파뮤'의 두 번째 의미다. 일급이라는, 매우 훌륭하다는 뜻이다.파뮤는 주로 '굉장한' '지독한'의 의미로 쓰인다.

소설의 기술에 대해 쓴 내 평론집을 짐에게 줄 때, 나는 그 논문 가운데 하나는 두 개의 서술 축을 동시에 계속 유지해 나가는 방법을 다루었다고 말했다.

"그래요?"

"난 네 가지 좋은 예를 찾았어요. 나보코프, 플로베르, 체호프, 설터의 작품에서."

"다른 작가들은 어떻게 하는데요?"

무슨 까닭에선지 그 말은 나로 하여금 짐이 한국에서의 경험 가운데 잊지 않고 기록해둔 발언을 떠올리게 했다. 두 대의 미국 전투기 뒤에 미그 전투기들이 나타난다.

호위기 조종사가 편대장에게 말한다. "대장, 놈들이 우릴 향해 사격해요!"

편대장이 말한다. "괜찮아. 놈들은 원래 그러기로 되어 있는 자들이니까."

침착함은 짐이 찬미하는 많은 것 가운데 하나다.

소설가의 자서전을 읽다 보면 당황스러울 때가 종종 있다. 사람들의 이름이 빽빽이 나오는 경우도 있다. 또한 나 자신은, 적어도 작품을 읽기 전에는 작품의 근원이 된 사실적인 내용을 알고 싶어 하지 않는다는 것을 깨달았다. 『버닝 더 데이즈』에는 나중에 온전한 작품이 된 두어 가지 일화들이 있긴 하지만 대부분의 내용은 설터의 소설만큼이나 탄탄하고 팽팽하다. 웨스트포인트에 관한 부분과 전투기 조종술을 익히는 부분 그리고 전투기를 몰고 전투를 벌이는 부분에 관한 솔직한 자전적 기술은 눈을 뗄 수 없을 만큼 매혹적이다. 압록강 상공에서의 공중전을 그린 설터의 첫 소설 『사냥꾼들』은 매우 훌륭하지만, 그에게 그 전투가 어떤 것이었는지를 『버닝 더 데이즈』에서 1인칭으로 70쪽에 걸쳐 서술한 내용으로 인해 긴장감이 떨어지고 말았다. 그 대목은 이렇게 시작한다. "1951년 늦은 여름, 나는 마침내 오랫동안 추구해온 영역에 들어섰다. 나는 메인주의 프레스크아일에 소재한 제75전투비행대로 보내졌다. (…) 나는 그것을 위해서 태어난 기분이었다." 이 부분은 이렇게 끝난다. "언젠가 디너파티 자리에서 나는 한 여자로부터 도대체 군대 생활에서 무얼 보았는지 얘기해달라는 요청을 받았다. 나는 물론 그녀의 요청에 대답할 수 없었다." 하지만 그런 다음 그는 기억하고 회상하며 우리에게 얘기를 들려준다.

또 다른 주제는 우정이다. 설터는 어윈 쇼를 좋아했다. 그 장의 제목은 '망각된 왕들'이다. 어윈 쇼의 책들은 50~60년 전에는 널리 읽혔다. 나는 부모님과 삼촌, 이모, 고모 들이 그 책들에 관해 얘기하곤 했던 것을 기억한다. 쇼는 정상급의 작가였다. 헤밍웨이의 눈에는 쇼가 맞수로 보였다. 문학적 명성 면에서도 맞수였지만, 그 못지않게 남성다움에서도 맞수로 여겨졌을 것이다.

쇼가 설터를 맞이했다. 그들은 쇼의 파리 아파트에서 두 번째로 만나 함께 점심을 먹었다. 쇼와 그의 아내 메리언, 설터 이렇게 셋이서 점심을 함께했다. "그곳에는 안락함과 프랑스식 삶의 분위기가 배어 있었다. (…) 때는 50년대 말, 설즈버거〈뉴욕타임스〉경영인, 매시슨Francis Otto Matthiessen. 미국 하버드대학 교수, 문예비평가, 플림프턴, 테디 화이트Theodore H. White. 미국의 저널리스트가 활동하던 시절이었다. 가족적인 분위기의 점심이었다. 나는 이미 그를 일종의 아버지 같은 존재로 보고 있었다.(내 아버지는 돌아가셨다.) 내면에 결코 없어지지 않을 어떤 화려한 것이 있는, 알렉상드르 뒤마나 전 복싱 챔피언 같은 아버지로 보고 있었던 것이다."

설터는 어윈 쇼에게 많은 찬사를 바친다. 그의 도량과 담대한 삶을 기억한다. 그 책에는 또한 어윈 쇼가 흥분하여 화를 낸 예도 쓰여 있다. 쇼는 언젠가 자기한테 "당신은 좋은 작가인데 왜 막돼먹은 망나니처럼 굴어요?"라고 여러 차례 거듭해서 말하는 사람을 주먹으로 쳤다.

날카롭게 쏘아붙인 예도 있다. "'음, 내가 또다시 해냈지요.' 초기에 커다란 성공을 거둔 작가가 어윈 쇼에게 말했다. '그런 얘긴 하지 마세요.' 어윈이 말했다. '당신이 처음으로 그런 것은 아니니까.'"

쇼의 소설을 바탕으로 설터가 만든 영화와 관련하여 쇼는 말하기를, 설터는 서정시인 같고 자신은 서사적인 작가라고 했다. "'서정시'는 그가 불편해하는 단어인 것 같았다. 마치 그에게는 미숙한 어떤 것을 의미하는 것 같았다."

그 장의 끝부분은 어윈 쇼의 삶의 끝부분을 다룬다. 설터는 쇼의 처지를 슬퍼한다. 마지막 세 쪽은 진심에서 우러나온 고통의 비가다. 죽음이 가까워진 쇼를 방문한 대목은 이렇다. "그는 생각에 잠긴 채 침대에 누워 있었다. 그 모습이 마치 바다를 회상하는 눈먼 뱃사람 같았다."

설터는 훗날 영화 산업에 대해 낮은 평가를 내리게 되었다. 『버닝 더 데이즈』에 나오는 그 부분은 이런저런 만남과 회합으로 부산한데, 그 대부분은 대수롭지 않고 하찮은 것이다. 기억할 만한 이름들(맥시밀리언 셸, 매기 스미스, 버네사 레드그레이브, 로만 폴란스키)을 제외하고는 말이다. 설터는 그들을 좋아하고 존경한다. 그들은 허둥거리고 밀치락달치락하는 무리 가운데 돋보이는 사람들이다. 그런데 그 허둥거리고 밀치락달치락하는 사람들조차도 단번에 성공을 거두곤 한다. "나는 언제나 배우들을 영웅으로 여기는 관념을 받아들이지 않았으며, 아무리 친밀감을 느낀다 해도 그 생각에는 변함이 없었다."

설터는 로버트 레드퍼드를 정말 좋아했고, 그와 함께 훌륭한 영화 〈다운힐 레이서〉를 만들었다. 설터는 레드퍼드가 날마다 어떤 쓸모 있는 일들을 하는 태도를 존경했다. 레드퍼드가 현실적이고, 자연을 사랑하고, 환경 보호에 도움이 되는 일들을 힘닿는 데까지 열심히 했기 때문이다. 나중에 짐은 레드 퍼드가 자신의 명성과 영향력을 이용하여 선댄스협회로버트 레드퍼드가 잠재력 있는 영화인들을 발굴하고 후원하기 위해 설립한 비영리 기구를 설립한 것에 대해서 그를 무척 존경했다. 짐은 선댄스 협회가 영화의 발전에 실질적이고 지속적인 기여를 할 것이라고 생각했다.

『버닝 더 데이즈』에 나오는 영화 관련 부분은 충고성 이야기다. 영화에 환상을 가지고 있는 조카나 젊은 세대에게 전하고자 하는 이야기 같은 것이다. 설터는 영화에서 나름대로 **뭔가**를 얻었으나 영화는 그에게서 많은 것을 앗아 갔다.

이 강의에서 짐은 자신의 장편소설에 대해서는 언급하지만 단편은 언급하지 않는다. 심지어 자신의 장편 두어 편에 대해 과소평가하는 발언을 할 때조차 단편 얘기는 없다. 『사냥꾼들』은 내가 언급하지 않고 넘어가도 괜찮은 작품이라고 그는 생각했다. 하지만 그의 생각이 틀렸다. 그 작품은 아주 잘 만들어진 작품일 뿐 아니라 자서전 『버닝 더 데이즈』의 전투기 비행 부분에 나오는 황홀경―황홀경은 짐이 자기 글의 핵심으로 삼고 싶어 한 것이다―을 고스란히 느끼게 해주는 작품이다. 분명 한국에서의 전투비행 임무는 황홀경이다. 그렇지만 하늘에 떠 있다는 경이감은 언제나 황홀경인 것이다. 이카로스가 되어 산다는 것은 말이다.

비행은 짐에게 근본적인 경험이었다고 생각한다. 그가 비행에 경이감을 느낀 것처럼 위대한 문학에 경이감을 느낀 것이 그의 마음의 척도다. 공군에서 전역하고 소설을 쓰기로 마음먹은 것이 두 번째 경이감에 대한 그의 충성의 척도다.

비행에서 근본적인 감각은 시각이고, 짐의 단편소설들은 시각에 의존한다. 이 점에서 그는 조지프 콘래드와 비슷하다. 콘래드는 자신의 작품에 대해서 이렇게 썼다. "나는 무엇보다도 독자들의 눈에 보이게 만들고 싶다." 로버트 펠프스가 짐에게 이사크 바벨의 작품을 읽어볼 것을 권하며 세 작품을 말해주었듯이, 나는 독자들에게 단편집 『아메리칸 급행열차』를 읽어보라고 권하면서 「흙」 「괴테아눔의 파괴」 「영화」를 꼽고 싶다.

「흙」은 단순한 이야기다. 몹시 늙은 노인이 낡은 집의 기초 공사를 새로 하고 있다. "죽음이 해리 마이스에게 다가오고 있었다. 그는 빈속으로 눕곤 했다. 뺨은 붉어졌고 잘생긴 노인의 귀는 잘 들리지 않았다. 그가 알고 있는 것을 말할 수도 없었다. 그의 인생의 먼 벌판에 홀로 있었다." 미래의 상황이 깜박거리며 현재로 돌아와 있다.

해리에게는 자신을 도와서 콘크리트 토대를 쏟아부을 수 있도록 목재 바닥을 들어 올리는 작업을 하는 젊은이가 있다.

"바로 거기서 시작하면 돼." 해리가 소리쳤다.

"여기요?"

"그렇지."

빌리는 다시 눈 주위의 먼지를 천천히 닦고 나서 잭을 설치하기 시작했다. 그의 얼굴에서 불과 몇 인치 위에 들보가 있었다.

그들은 무더운 미국 남서부 지역에 있다. 주 이름은 언급되지 않는다. 애리조나주의 평지거나 뉴멕시코주일 수도 있다. 혹은 콜로라도주의 평탄한 지역이어도 무방하다. 그 마을의 유일한 술집에는 목장 일꾼들로 가득하다. 해리는 술집에 가는 일이 없다. 빌리는 간다. 목장 일꾼들은 빌리를 알아보지만 자기들끼리 그에 관해 얘기를 나눌 뿐이다. 빌리는 마을에 있는 유일한 여자를 사귀고 있다. 목장 일꾼들은 술집의 앞창을 통해 빌리가 오는 모습을 지켜본다.

"빌리가 오는군."

"그렇군. 빌리야."

"그래, 자넨 어떻게 생각해?" 그들은 내기를 하듯 낮은 목소리로 말을 주고받았다. 그들의 팔뚝은 바에 있는 장작만큼이나 컸다. "빌리는 그 일을 계속할까, 아니면 그만둘까?"

해리와 빌리는 긴밀히 협력하며 일한다. 노인은 수레에 가득 실은 첫 번째 콘크리트를 섞는다. "두 번째 작업 때는 빌리가 수레를 밀게 했다. 빌리는 웃통을 벗고 일했다. 햇볕이 그의 어깨와 등으로 으르렁거리며 쏟아졌다. 그가 팔을 쳐들 때 근육이 꿈틀거렸다. 다음 날 노인은 빌리에게 삽질을 맡겼다."

간단한 몇 마디 말들, 일하는 모습의 정확한 묘사, 태양……. 그러나 지속적으로 남아 있는 인상은 다른 어떤 것이다. 두 번째 강의에서 짐은 이렇게 말한다. "작가는 화가와 비슷한 점이 있답니다. (…) 물론 풍경에는 실제 장소에 대한 절대적인, 바꿀 수 없는 묘사가 있습니다. (…) 여러분이 배경을 자세히 살펴본다면 배경 역시 정보를 줄 거예요. 때로는 놀라울 정도로 평범하지만 말이에요. 여러분은 그걸 알아차리지 못한 거예요. 왜냐하면 그 그림은 여러분의 관심이 결코 배경에 가지 않도록 만들어졌기 때문이죠. 그것은 여러분이 알아차리지도 못하는 사이에 거기에 놓인 겁니다."

어떤 면에서 「흙」은 쪼그라든 삶에 관한 이야기이고, 삶을 공유하는 것에서 안도감을 느끼는 두 사람의 아릿한 인생 이야기다. 하지만 "풍경에는 당연히 실제 장소에 대한 절대적인, 바꿀 수 없는 묘사가 있는 것이다." 이 소설에는 태양과 흙먼지가 있고 또한 암시적인 광대한 남서부 지역이 있다.

해리는 죽었다. "영안실에서 그의 모습은 파라오 같았다." 빌리와 앨마는 둘이 함께 100달러를 주고 구입한 차를 타고 떠난다. "태양이 남쪽으로 달리는 (…) 앞 유리창을 환하게 비춰주었다."

그러한 모습들이 명시적으로 보임에도 불구하고 거기에는 또한 암시적으로 보이는 풍경이 있다. 그 풍경에 대한 감각이 본질적인 것이다.

피터 테일러Peter Taylor는 하버드대학에서 드문드문 소설 창작 수업을 가르쳤다. 강요는 하지 않았으나 그는 분명 학생들이 직접 단편소설을 써보는 것을 선호했다. 누가 그에게 물었다.

"단편소설은 뭡니까?"

피터가 말했다. "단막극."

나가며

다음 주에 그가 말했다. "단편소설은 시와 같은 거예요. 하지만 과시가 없는 시 같은 것이죠." 피터는 시인들을 알고 있었다. 오랜 친구인 로버트 로웰Robert Lowell, 랜들 재럴Randall Jarrell, 그의 매부인 도널드 저스티스Donald Justice 등과 알고 지냈고, 피터의 아내인 엘리너 로스 테일러Eleanor Ross Taylor도 아주 훌륭한 시인이었다. 피터는 자신이 좋아하는 장르에 편히 숨 쉴 수 있는 여지를 만들고 있었는지도 모른다.

세 번째 주에 피터가 말했다. "단편소설은 15쪽 이내로 소설 작업을 완결합니다."

「괴테아눔의 파괴」는 15쪽이다. 시작 부분은 이렇다. "그는 정원에 혼자 서 있다가 윌리엄 헤지스의 친구인 젊은 여자를 발견했다. 윌리엄 헤지스는 알려지지 않은 작가였다. 하지만 카프카도 무명작가로 살았고 멘델조차도 그랬다고 그녀는 말했다. 멘델은 아마 멘델레예프를 말하는 것 같았다."

이 시작 부분은 소설의 모든 요소를 근사하게 담고 있다. 그는 '그'다. 젊은 여자는 나딘이라 불린다. "'저는 제노아에서 태어났어요.' 그녀가 말했다." 한동안 이야기는 삼각관계인 것처럼 보인다. 삼각형은 평면 기하학의 가장 기본적인 형태다.

헤지스는 소설을 쓰고 있다. "'「괴테아눔The Goetheanum」이라는 제목으로요.' 그녀가 말했다. '그게 뭔지 알아요?'"

괴테아눔은 애초에 괴테를 기념하려는 뜻을 담아 지은 건축물이었다. 바젤에서 그리 멀지 않은 스위스 도르나흐에 지어졌는데, 제1차 세계대전 중에 완공되었다. 루돌프 슈타이너가 괴테를 기리는 마음으로 설계했으며 또한 슈타이너를 따르는 사람들의 커뮤니티 활동의 중심지로 삼으려고 지은 것이었다.

"루돌프 슈타이너는 어떤 사람이에요?' 그가 물었다."

그녀가 설명한다. 사실적인 이야기를 들려준다. 슈타이너가 믿었던 것, 슈타이너가 가르친 것에 대해 얘기해주고, 그에게는 많은 추종자가 있었다고 말해준다. "그녀는 어떤 식으론가 그런 것들에 영향을 받아 시나리오를 배웠다. 그녀는 헤지스의 삶에 환상을 품게 되었다."

그 건축물은 이 소설에서 가장 확실한 요소다. "서로 교차하는 두 개의 거대한 돔과 곡면 설계는 그 자체가 하나의 수학적 사건이었다. (…) 헬멧처럼 생긴 부차적인 조그만 돔들에는 창문과 문 들이 있었다. (…) 공사는 전 세계에서 온 사람들에 의해 수행되었다. 그중 많은 이들이 직업과 직장을 포기하고 온 사람들이었다."

예측하기 어려울 정도로 서로에게 다가가고 서로에게서 벗어나는 세 인물은 거의 문제가 되지 않는다. 독자는 얼떨떨한 연민을 느낄 것이다. 애석함과 공포감을 불러일으키는 것은 그 건축물에 관해 쓴 마지막 페이지다. 그것은 또한 터너의 그림처럼 아름답기도 하다.

「영화」에서는 흥미로운 인물들이 등장한다. 여러 인물들이 나왔다가 들어가곤 한다. 그들은 로마에서 영화를 만들고 있다. 아름다운 주연 여배우가 있고 전성기를 지난 주연 남배우, 감독, 제작자, 홍보부 여직원 에바가 있다. 이 목록은 등장순이다. 인물의 중요도순이 아니고 영화제작상의 서열순도 아니다.

우리는 영화의 줄거리를 모른다. 알 필요도 없다. 영화제작과 관련된 부산스러운 낮과 밤의 생활—협조 험담 자존심 흔들림—이 전개될 뿐이다. 주요 인물 여섯 명이 각각 한두 번씩 번갈아 등장하며 이야기를 끌어간다.

시나리오작가는 주연 여배우에게 반해 있다. 오래된 할리우드 농담이 있다. 성공을 꿈꾸는 아무것도 모르는 여배우는 시나리오작가와 잠을 잔다는 것이다. 이 소설의 주연 여배우는 그처럼 아무것도 모르는 배우가 아니라 자신의 아름다움을 몽롱하게 즐기며 살아가는 인물이다. 주연 남배우는 여자의 지성에 관해 터무니없이 어리석은 말을 한다. "여자의 본질은 여기 있어요. (…) 자궁 말이에요. (…) 그 밖의 다른 건 없어요. 감독님은 브리지 게임 선수 중에 훌륭한 여자 선수는 없다는 걸 알고 계십니까?"

그에 대한 그녀의 반응은 이렇다. "애나는 귀비가 존중하는 여성이 되는 것에 만족했다. (…) 탁자 아래서 그녀의 손이 그걸 알아차렸다."

감독 아일스는 어떤가.

이제 아일스 감독의 차례였다. 그의 생각을 말할 시간이었다. 그는 불쑥 끼어들었다. 광적인 교장 선생님 같은 태도로 작품에 대해 설명했다. 부분적으로는 프로이트처럼, 부분적으로는 사랑에 애태우는 칼럼니스트처럼 (…) 영화제작진들이 살며시 홀 안으로 들어와 문 가까이에 서 있었다. 귀비가 자신의 대본에 뭔가 적었다.

"그래, 적어요. 받아 적어요." 아일스가 귀비에게 말했다. "내가 지금 아주 멋진 얘기를 하고 있는 중이니까."

가장 정상적인, 즉 조증에 걸린 것 같은 상태에서 가장 안전하게 벗어나 있는 인물은 에바와 시나리오작가 랭이다. 독자들은 에바의 삶을 잠깐 엿보게 된다.

그녀는 가족과 함께 살았다. 그녀의 가족 네 식구는 부르주아적 주변 환경에서 비롯된 우울한 분위기 속에서 말없이 식사를 했다. (…) 식사를 마친 아버지가 헛기침을 하고 나서 말했다. 지난번 고기가 더 좋았어. 어머니가 물었다. **지난번?**
"그래, 그게 더 나았어." 아버지가 말했다.
"지난번 고기는 아무 맛도 나지 않는 거였는데."
"아, 맞아, 지지난번." 아버지가 말했다.

한 조각 평범한 슬픔은 물론 슬프긴 하지만 한편으로는 위안이 되는 것이기도 하다.
에바와 홍보 부서에서 일하는 친구 미렐라는 주역 배우들과 주요 인사들에 대해 얘기를 나눈다. "제작자. 그는 무엇보다도 발기불능이라고 미렐라가 말했다. 발기불능이 아닐 땐 내키지 않아 했다. 그는 나머지 시간 동안 뭘 어떻게 해야 할지 몰랐고, 행위를 해도 만족스럽지 않았다." 제작자는 에바한테도 집적거린 적이 있었다. "난 그게 다 장난인 것처럼 행동하려 했지 뭐야." 전지적 서술자는 이렇게 말한다. "그들은 모든 것을 알고 있었다. 마치 부드러움이 죽어버린 간호사 같았다. 병원을 운영하는 사람은 그들이었다. 그들은 모든 사람에 대해 누가 돈을 얼마 받는지, 누구를 믿어서는 안 될지 다 알았다."

에바가 시나리오작가인 랭과 함께 저녁을 먹는 것은 그가 가여워서일까? 아니면 그가 에바를 가엾게 여겨서일까? 아니면 둘 다 고독하기 때문일까? 다른 모든 사람들은 성대한 파티에 갔다. 저녁을 먹은 후 랭과 에바는 식물원 바깥에 차를 세워 두고 있다. 차창에 서리가 끼었다.

> "너무 외로워요." 그녀가 갑자기 말했다. (…)
> 어둠 속에서 그녀의 얼어붙은 입김이 보였다.
> "그거에 키스해도 돼요?" 에바가 말했다.
> 그리고 마치 그게 성스러운 물건이기라도 한 것처럼 신음 소리를 내기 시작했다. 그녀는 거기에 이마를 갖다 댔다. 이어 뭐라고 소곤거렸다. 목덜미의 맨살이 드러났다.
> 다음 날 아침 그녀가 전화했다. 8시였다.
> "당신에게 뭘 좀 읽어주고 싶어요." 그녀가 말했다.
> (…) 그 소리가 몸 안으로 들어와 그의 피를 깨웠다.

설터는 계속 속도를 높인다. 마치 레코드플레이어의 바늘이 레코드판의 홈을 하나나 둘 또는 그 이상 건너뛰어버린 것 같다. 그녀는 1868년 밀라노에서 열린 성대한 무도회에 관한 기사 가운데 일부를 큰 소리로 읽어준다.

　　그것은 왁자하고 즐거운 그해의 가장 큰 행사였다. 한편 상류
　　사회가 그처럼 즐거운 시간을 보내는 동안 같은 도시에서는 고독
　　한 천문학자가 새로운 행성을 발견하고 있었다. (…)
　　정적이 흘렀다. 새로운 행성이라.

보통 부산스러운 이야기의 끝부분에 이르게 되면 서술이
느려지고 듣기 좋아지거나 채찍을 찰싹 휘둘러 단단히 마무
리하거나 한다. 에바가 멋지게 선택한 선물 이후에는 이런 두
가지 결말 가운데 하나로 마무리될 거라고 나는 예상했다. 하
지만 이 작품의 결말은 「괴테아눔의 파괴」의 결말과 마찬가지
로 공포스럽고 아름답다. "그는 에바가 자신의 이름을 부르는
것을 들었다. 아무 말도 하지 않았다. 거기 그렇게 누운 채 작
아지고, 더 작아지고, 사라져갔다. 방은 창이 되고, 건물 앞면
이 되고, 일군의 건물들이 되고, 광장과 구역이 되고, 마침내
로마 전체가 되었다. 그의 희열감은 상상 이상이었다. 커다란
대성당의 지붕들이 겨울 찬 공기 속에서 반짝였다."
　　이 마지막 대목은 "아, 바틀비여! 아, 인간이여!"허먼 멜빌의 단
편 「필경사 바틀비」의 끝 문장만큼 명확하지는 않지만 그와 흡사한
울림을 준다. 그것이 이 작품에 대한 나의 한 가지 독법이다.
에바는 무척 솔직하고 열렬하게 랭에게 성적 쾌락을 주었다.
랭이 그에 대한 보답을 했는지 어쨌는지 우리는 알지 못한다.
다음 날 아침 그녀는 생소한 일화를 찾아내어 전화로 그에게

읽어준다. 그것은 그가…… 그러니까 시나리오작가로 푸대접 받아온 것을 어루만져주는 아늑한 말이다. 그는 아무 말도 하지 않는다. 그는 황홀경에 빠져 있다. 그의 황홀경은 환상이다. 영화적으로 펼쳐지는 그의 환상은 로마 바로크식 대성당의 정지 화면으로 끝난다. 그는 홀로 그 모습을 본다. 나는 다음과 같은 것을 희망해본다. 이후 그가 에바를 사랑할 수 있을까? 적어도 고마워할 수 있을까? 그러나 다음 순간 나는 「필경사 바틀비」만큼 쓸쓸하면서도 좀 더 신랄한 또 다른 작품의 결말을 생각했다. 브렛 애슐리가 제이크에게 그들 둘이 함께 행복하게 지낼 수 있었을 것이라는 생각을 말하자, 그에 대해 제이크가 브렛에게 한 말이었다. "그렇게 생각하기만 해도 기분이 좋지 않아?" 헤밍웨이의 『태양은 다시 떠오른다』의 마지막 부분.

설터의 결말은 기교적으로도 정서적으로도 멜빌이나 헤밍웨이와 동일한 수준에 놓여 있다.

『어젯밤』은 『아메리칸 급행열차』 이후 7년 만에 나온 설터의 또 다른 단편집이다. 『어젯밤』에 실린 작품들은 『아메리칸 급행열차』에 수록된 작품들과는 아주 다른 놀라움을 선사한다. 「귀고리」는 보석을 소재로 한 여러 편의 잘 만든 단편소설의 혈통을 이어받은 작품이다. 모파상이 그런 소설을 썼고, 루이즈 드 빌모랭Louise de Vilmorin과 서머싯 몸도 썼다. 「귀고리」는 그런 소설들만큼 잘 만들어졌으며, 내가 느끼기에는 차원이 더 깊은 작품이다.

「알링턴 국립묘지」는 두 종류의 슬픔에 관한 이야기다. 첫 번째는 눈부시게 젊고 아름다우며 이국적인 체코 여자와 결혼한 데서 비롯된 육군 장교 뉴웰의 슬픔이다. "피터, 호박 먹는 피터는, 아내가 있었지만 붙들어둘 수가 없었네."^{바람난 아내}를 호박 속에 가두었다는 내용의 전래 영어 동요의 일부임. 또 다른 슬픔은 그 장교의 군 경력이 훼손된 데서 비롯된 슬픔이다. 독자는 그가 야나의 부모를 체코슬로바키아에서 데려올 돈을 마련하기 위해 군수품에서 무전기를 훔쳐 팔았다는 것을 추론할 수 있다.

마지막 장면은 알링턴 국립묘지에서의 매장 장면이다. 하급 장교였던 뉴웰에게 도움을 주었던—하지만 보람 없는 일이 되고 말았다—상급 장교의 안장 장면이다. 그런데 그 예식이 군사법원에 회부되어 처벌받았던 전직 장교인 뉴웰로 하여금 자신의 멋지고 견실한 부분을 발견하게 해준다.

알링턴 국립묘지였고, 저들은 마지막으로 정렬해서 모두 이곳에 묻힐 터였다. 멀리서 희미하게 부관의 나팔 소리가 들렸다. (…) 순간 그는 여기 묻힌 모든 고인에게, 이 나라의 역사와 그 국민에 대해 자부심을 느꼈다. (…) 그는 이곳에 묻힐 수 없을 테고, 그런 일은 예전에 포기했다. 야나와 함께 보낸 것 같은 시절을 다시 맛볼 수도 없을 것이다. 그는 그녀를 그 시절 그녀의 모습 그대로 기억할 것이다. 낯설고 젊은 모습 그대로. 그때 그는 그녀밖에 없었다. 물론 짝사랑이었겠지만 그것으로 충분했다.

마지막에 사람들은 모두 가슴에 손을 올리고 섰다. 뉴웰은 한쪽에서 혼자 의연하게 경의를 표하며, 신의를 버릴 줄 모르는 바보처럼 서 있었다. 그가 이제껏 그래온 것처럼.

혼자. 의연하게. 신의. 바보.
이것 역시 그 정도면 충분하다.
표제작인 「어젯밤」은 용감하고 친절한 행동에 관한 이야기
다. 하지만 그런 생각이 들 때 이야기는 끔찍해지고, 조금 있
으면 더욱 더 끔찍해진다. 더 얘기하면 너무 많은 비밀을 누설
하는 것이 될 것이다. 이 작품은 이 단편집의 마지막 작품이
다. 만약 여러분이 이 작품들을 순서대로 읽었다면 곧바로
「알링턴 국립묘지」나 「나의 주인, 당신」을 다시 읽어보면 좋을
것이다.

장편소설 중에서는 『가벼운 나날』이 처음 읽기에 좋은 작
품이다. 이 작품을 읽은 많은 독자들의 머릿속에 떠오르는 한
단어는 '빛난다luminous'다. 리처드 포드는 빈티지 출판사판에
수록된 훌륭한 서문에서 "이 문장들은 너무나 정교하게 선택
된 단어들로 구성되고 너무나 절묘해서 우리는 이 소설이 정
말 중요한 문제들을 다루고 있다는 사실을 눈치채지 못할 수
도 있다"라고 썼다. 나는 『가벼운 나날』을 좋은 조언자인 친구
에게 선물했다. 그 친구는 평소의 습관처럼 짧은 메모를 보내
왔다. "빛을 발하는 우울." 나는 그가 의미하는 바를 모르지
않았음에도 그의 말에 동의하지 않았다. 언젠가 우리 친구들
여럿이서 함께 페데리코 펠리니 감독의 걸작 중 하나인 〈달콤
한 인생〉을 보고 난 후 친구들 사이에 의견이 갈렸던 일이 머

릿속에 떠올랐다. 한쪽은 『가벼운 나날』이 무척 어두운 것에 놀라고 우울해하는 쪽이었다. 다른 쪽은 이 작품이 너무 아름다운 것에 황홀해하는 쪽이었다. 내 친구 토니 위너는 양쪽 캠프에 발을 담갔다. 나는 리처드 포드 쪽 캠프에 들어갔다. 설터는 어둠과 빛 둘 다를 매우 아름답게 쓴다는 것을 기뻐하는 캠프였다. 다른 평들을 보면 많은 모순어법이 눈에 띈다.

> "설터는 인생의 은빛 금빛 쓰라림을 찬미한다."
> ―제임스 월콧, 〈에스콰이어〉

> "전적으로 아름답고 가공스럽고 중요한 책."
> ―조이 윌리엄스

> "냉철한 논리와 뜨거운 육욕. (…) 벅찬 가슴에서 작동하는 풍자."
> ―네드 로렘

제임스 설터의 추도식에서 연사 중 적어도 두 사람이 "그의 작품은 삶의 황홀경을 찬미하고 그 모든 것이 참으로 빨리 끝난다는 것을 보여준다"라고 말했다. 조만간에 이런 생각이 들 것이다. "모든 건 순식간에 일어났다. 긴 하루였고, 끝없는 오후였다. 친구들은 떠나고 우리는 강변에 서 있다."

그것은 남편 비리의 머릿속에 떠오른 생각이다. 전처인 네드라의 장례식장에서 두 딸 중 한 명인 대니가 두 살과 네 살인 자신의 아이들에 대해 다음과 같은 생각을 한다.

나가며

양쪽에 하나씩 세운 두 딸은 무슨 일인지 몰랐지만, 새로운 세기와 밀레니엄을 볼 터였다. (…) 물론 아이들은 열정적이고 키가 클 터였다. 그리고 언젠가 그들의 아이들에게―확실하지는 않다. 우리는 그렇게 상상한다. 다른 방법이 없다―멋진 생일 파티를, 촛불을 가득 꽂은 커다란 케이크와 콘테스트와 게임이 있는, 많이 부르지는 않아도 아이들 예닐곱을 초대한 생일 파티를 열어줄 것이다. 정원으로 연결된 부엌에서 웃음소리가 들리고, 갑자기 문이 열리고 아이들은 길고 달콤한 오후 속으로 뛰어 들어갈 것이다.

이것은 일종의 감사의 말이다. 대니는 어머니와 아버지가 해준 좋은 것 가운데 하나를, 그분들이 준 선물 가운데 하나를 떠올리고 있는 것이다. 대니의 생각은 어머니에 대한 생각에서 자신의 아이들에 대한 생각으로, 자신의 아이들의 아이들에 대한 생각으로 나아간다. 이렇게 생각하는 중에 서술자가 그림자를 던지며 끼어든다. "확실하지는 않다. 우리는 그렇게 상상한다. 다른 방법이 없다." 세 구절이다. 셋 다 완전한 문장이다. 각각의 문장이 커다란 종소리 같다. 첫 번째 종소리는 둔탁하지만 불길하다. 두 번째 종소리는 뒤쪽에서 울리는 것처럼 좀 더 흐릿하다. **상상한다**는 것은 얼마나 달콤하고도 연약한 것인가. 세 번째 종소리는 한결 우람하게 울려 퍼진다. "다른 방법이 없다." 이에 대해서는 답이 없다. "괜찮아. 우린 어떻든 계속 우리의 선물을 사용하게 될 거야"라고 생각하는 수밖에…….

설터는 『가벼운 나날』의 제목을 잠정적으로 '네드라와 비리'라고 붙였었다. 왜냐하면 그녀가 더 강한 사람이었기 때문이다. 자신의 외도와 산만한 관심사에도 불구하고 결국 그녀는 가족을 일구었다. 그것도 여자의 계통으로 일구었다. 네드라의 장례식에서 대니는 어머니인 그녀와 그녀에게서 비롯된 상상을 기린다.

첫 번째 강연인 「소설을 쓰고 싶다면」에서 설터는 위대한 작품과 위대한 작가에 대해 얘기한다. 발자크, 바벨, 플로베르, 헤밍웨이가 그들이다. 세 번째 강연에서는 나보코프, 솔 벨로, 아이작 바셰비스 싱어를 추가할 것이다. 설터는 「소설을 쓰고 싶다면」에서 그 네 작가의 작품에서 가져온 짧은 구절들을 자세히 분석한다. 그는 말한다. "내가 좋아하는 작가는 면밀히 관찰할 줄 아는 작가입니다."

그렇게 분석하는 도중에 설터의 고등학교 동창이었던 잭 케루악에 대해 고백적인 언급—서점 창문에서 잭 케루악의 책을 보았을 때의 부러움—을 하기도 한다. 그리고 『가벼운 나날』에 대한 혹평에 절망했던 이야기도 나온다. 나는 그런 비평들이 성급하고 무지하며 묵살해도 되는 것들이라는 것을 알았다. 진실과는 거리가 먼 비평들이었다. 설터는 상처를 받았다. 이 강연에서 그는 말한다. "한두 번 거부당하는 경험을 겪어보지 않은 작가는 드물지요. 그 책은 나에겐 성스러운 것이지만 그들에겐 사실 전혀 성스러운 게 아니었으니까 그럴 수도 있는 일이었어요. 하지만 그건 철학적으로 말하는 것이고, 그 당시에는 이런 생각이 아무 소용없었습니다. 철학은 더

디게 작용하는 치료약이랍니다."

면밀히 관찰하는 능력 다음 단계로 설터는 문체를 제시한
다. 그런 다음 자신의 말을 정정한다. 문체보다는 '목소리'가
더 좋은 말이라는 것이다.

"작가로서 출발한 초기에는 대개 자신의 목소리가 없습니
다. 여러분은 보통 확실히 자리 잡은 어떤 작가의 영향을 받거
나 그 작가에게 끌리기 마련이죠. (…) 그 작가가 뭘 하든 그걸
따라서 해보려고 합니다. 그 작가가 사물이나 현상을 어떻게
보든 그와 똑같이 보려고 합니다. 하지만 점차 그런 애착은 약
화되고, 여러분은 다른 작가들에―그리 강렬하지 않게―끌리
게 되고 여러분 자신의 글에 끌리게 됩니다. 그러한 연습과 변
화를 거치다 보면 다른 작가가 끼어드는 일 없이 전적으로 자
신의 글을 쓰는 때가 오고, 그러면 비로소 여러분 자신의 목
소리처럼 들리게 됩니다."

첫 번째 강의를 마치면서 설터는 토머스 울프로 눈을 돌린
다. 설터는 앞에서 울프에 대해 말하면서, 그는 "수백 쪽을 잘
라내야 할 책들을 썼다"라고 지적했다.

그러나 설터는 자신이 읽은 좋은 글에 대한 좋은 귀와 기억
력을 가지고 있다. 그는 보석을 발견한다. 그것은 근사하게 펼
쳐지는 네 줄짜리 글이다. "토머스 울프는―그가 죽어가고 있
을 때―그가 나중에 저버렸던 그의 첫 편집자 맥스웰 퍼킨스
에게 편지를 썼습니다. 편지에는 참으로 애정 어린 그의 목소
리가 담겨 있었죠. '3년 전 독립기념일에 우리가 보트에서 만
났을 때처럼, 저는 항상 그런 식으로 당신을 생각하고 당신을

느낄 거예요. 그때 우리는 강변 카페로 가서 술을 마셨고, 나중에는 높은 빌딩의 꼭대기에 올라갔죠. 모든 기묘함과 영광과 삶의 힘과 도시의 힘이 우리 아래에 있었어요.'"

두 번째 강연 「장편소설 쓰기」에는 많은 충고와 한숨이 들어 있다.

"사실 나는 누가 여러분에게 소설 쓰는 법을 가르칠 수 있다고 생각하지 않아요." 설터는 말한다.

그는 앤터니 파월의 말을 인용한다. "소설가는 오랜 기간에 걸쳐 매우 지루한 일들을 많이 해야 한다. 만약 소설가가 그렇게 하지 못한다면 세상의 모든 상상력은 소용이 없을 것이다."

에벌린 워의 말도 인용한다. "아마추어들은 소설 쓰기는 고도로 전문적이고 고된 작업이라는 것을 염두에 두어야 할 것이다."

루이페르디낭 셀린의 말도 인용한다. "작가는 대가를 치러야 한다. 지어낸 이야기는 아무 가치도 없다. 자신이 대가를 지불한 이야기만이 중요한 것이다. 대가를 지불하면 그제야 그 이야기를 변형할 권리가 생기는 것이다."

설터 자신의 말이다. "아주 많은 시간을 글쓰기에 사용해야 하고, 생활 대신 글쓰기를 해야 합니다. 뭔가를 얻어내려면 아주 많은 것을 글쓰기에 바쳐야 해요. 그렇게 해서 얻어내는 것은 아주 소소한 것일 뿐입니다. 하지만 그건 의미 있는 거죠. (…) 거의 아무 대가 없이 그 모든 것을 한 것입니다. 저스틴이 처음엔 면 셔츠 하나를 얻으려 성관계를 갖듯이 말입니다."

나가며

그것은 나쁜 소식이다. 그러나 좋은 소식도 있다.

"볼테르는 예순다섯 살에 사회에 대한 논평으로서 『캉디드』란 소설을 뚝딱 써냈습니다."

"시어도어 드라이저는 (…) 아서 헨리라는 친구를 방문했습니다. 헨리는 열심히 소설을 쓰고 있었답니다. 자네도 소설을 한 편 써보지 그래? 그가 드라이저에게 권했습니다. 드라이저는 자리에 앉아서 종이 한 장을 꺼내 맨 위에 '시스터 캐리'라고 썼다는군요."

설터는 이렇게 쓴다. "드라이저는 내용이 중복되고 저속하며 노골적이고 불성실한 나쁜 작가였습니다. 하지만 그는 또한 집요하며 아이디어가 풍부한, 대단한 이야기꾼이었지요." 로버트 펜 워런은 드라이저에 대해 이렇게 말한다. "드라이저는 비루한 자아가 사랑받기 위해서는 영광의 옷을 입어야 한다는 것을 알고 있었다."

나쁜 소식, 좋은 소식과 더불어 즐거움이 터지는 때도 가끔 있는데, 설터가 흥미로운 인물이라고 여긴 프랑스의 연극 평론가 폴 레오토Paul Léautaud의 다음과 같은 말을 인용할 때가 그런 경우다. "글을 쓴다는 것은 얼마나 멋진 일인가!"

왜 쓰는가? 설터는 다소 소박한 이유를 솔직히 털어놓는다. 조지 오웰이 『나는 왜 쓰는가』라는 에세이에서 털어놓은 이유와도 크게 다르지 않다. 설터는 "남들에게 존경받기 위해, 사랑받기 위해, 칭찬받기 위해, 널리 알려지기 위해 글을 썼다고 말하는 것이 더 진실할 것입니다. (…) **그 이유 중 어느 것도 강한 욕망을 불어넣지는 못합니다**"라고 말한다.

면밀히 관찰하는 기술 외에, 말에 대한 사랑 외에, 가르침을
받고 깨우친 교훈 외에, 작품을 읽고 또 읽어서 어떤 식으로
효과를 달성했는지 알아내는 것 외에, **욕망** 외에 다른 무엇이
또 있을까? 세 번째 강연인 「기교의 문제가 아니에요」에서 설
터는 길을 건너다가 엿들은 구절, 친구의 삶에서 일어난 사건
등과 같은 거의 모든 것을 답에 포함시킨다.

예브게니 자먀친 은 1924년에 나온, 스탈린 치하의 소련이
어떻게 될 것인지를 예견한 소설 『우리들』의 저자다. 자먀친
은 어떤 강연에서 말하기를, 자신의 머릿속이 아직 통일된 형
식을 갖추지 못한 아이디어로 가득 차 있을 때 종종 어떤 우
연한 관찰이 그 아이디어들을 결합해준다고 했다. 그것은 과
포화용액에 결정을 하나 더 첨가하는 것과 같다고 했다. 그러
면 결정들이 조화롭게 결합되기 시작한다는 것이다.

그러니 설터가 그와 비슷한 생각을 하고 있는 것이 놀라운
일은 아니다.(자먀친 이 우리의 대화에 끼어들었다면 얼마나 좋을
까!) 설터는 세 번째 강연에서 이렇게 말한다. "글쓰기 작업을
전부 자신의 책상 앞에 앉아서 하지는 않습니다. 다른 곳에서
도 글을 쓰곤 해요. 작품을 지니고 다니면서 말입니다. 그 작
품이 작가의 동반자인 것입니다. 작가는 (…) 잘 연결할 방안
을 찾아 정신을 바짝 차리고 있답니다."

그러나 그 같은 운이 좋은 우연―**겉보기에는** 우연으로 보이
는 것― 은 작가로서의 규칙적이고 의례적인 훈련이 없다면 그
마법을 행사하지 않을 것이다. 설터는 말한다. "규칙적으로 글
을 쓰려고 노력하고 있고 (…) 글을 쓰고 싶은 마음이 들지 않

나가며

을 때도 글을 씁니다. 그러나 글이 나를 받아들이지 않을 때는 쓰지 않습니다. (…) 나는 펜을 쥐고 손으로 씁니다. 그런 다음 전동 타자기로 타이핑을 하지요. (…) 나는 전동 타자기의 소리를, 타자기의 키가 두드려대는 약간 불규칙한 소리를 좋아합니다."

설터는 또한 첫 번째 강연에서, 플로베르는 300쪽 분량의 『보바리 부인』을 얻기 위해 4500쪽이나 되는 원고를 썼다는 사실을 언급한다. 그 자신의 소설 『올 댓 이즈』에 대해서는 이렇게 말한다. "나는 이 작품을 위해 두 권의 두꺼운 공책을 작성했습니다. 내 일기장에서 그 소설을 쓰는 데 쓸모가 있을 것 같은 내용들을 가져와서 부문별로 나누어 적어놓은 참고 자료집이었죠. 주로 날씨, 장소, 대화, 얼굴, 죽음, 사랑, 섹스, 사람 등에 관한 내용이었어요. 『토다』. 거기에 이 자료의 반의반도 사용하지 않았습니다."

경주를 하려면 아주 많은 달리기 연습이 필요하다.

그러나 설터는 젊은 작가 지망생이 오랫동안 다른 작품을 모방하거나 완결성이 부족한 작품을 쓰는 등의 노력을 기울인 끝에 마침내 좋은 소설을 쓰는 경우에 대해서도 얘기한다. 설터는 그가 우연히 눈여겨 바라보았던 몇 가지 디테일에 관해 언급한다. 카니발 무도회에서 만났던 한 독일 여자의 복장은 "황금 비늘이 달린 수영복에 스커트 차림이었던 것 같았다". 나타났다가 표표히 사라진 한 남자도 있다. 또 한 명의 독일 여자도 있다. "다음 날 우리는 해변으로 갔지요. 그게 다예요. 그게 그 소설의 이야기입니다. 하지만 그 전과 다른 점은 내가 그걸 쓸 수 있었다는 점이었습니다. 그것은 언어였습니다. 확신이었습니다. 내가 그 독일 여자들에 관해 알고 있었던 것은 한정된 내용뿐이었지만 나는 타자기를 꾹꾹 눌러 열심히 썼고, 어떻게든 그럴듯한 작품으로 만들어낸 것입니다."

그 '어떻게든'은 이 강연에 비추어서 생각해보면 덜 신기하다.

존 케이시 John Casey

작가. 1989년 장편소설 『스파르티나 Spartina』로 전미도서상을 수상했다. 쓴 책으로 『미국의 로맨스 An American Romance』 『행복의 반감기 The Half-life of Happiness』 등이 있다.

나가며

The Art of Fiction

JAMES SALTER

문학 지상주의자의 마지막 육성

2015년 6월, 제임스 설터가 심장마비로 세상을 떠났을 때 〈뉴욕타임스〉의 부고 기사 제목은 "책은 적게 팔렸으나 찬사는 오래 이어진 **작가의 작가** 90세에 죽다"였다. 작가의 작가. 이제는 설터를 수식하는 관용구처럼 굳어진 이 말은 물론 설터에 대한 최고의 찬사겠지만, 나는 얼마간 이 말에서 애틋한 슬픔을 느낀다. 설터는 대중의 사랑을 갈구한 작가였다. 그는 작가나 비평가의 평가도 중요하지만 대중들에게 많이 읽히지 않으면 진정 중요한 작가로 인정받을 수 없다는 생각을 가지고 있었다. 그런 그에게 '대중의 작가'가 아닌 '작가의 작가'라는 칭호가 꼭 반가운 것만은 아니었을 것이다. 〈뉴욕타임스〉 부고 기사에는 설터를 "미국에서 가장 과소평가된 작가"라고 한 저널리스트 월터 스콧의 말이 인용되었는데, 이 역시 굉장한 상찬의 말이지만 평생 과소평가된 작가의 삶을 살아온 설터의 입장에서는 얼마나 안타까운 현상이었을 것인가. 세월이 흐르면서 설터 문학의 진가가 널리 받아들여져『솔로 페이스』
이후 34년 만인 2013년에 출간한 장편『올 댓 이즈』는 미국뿐
아니라 세계적으로 꽤 큰 반향을 일으켰지만, 당시 88세에 이
른 설터에게는 너무 늦은 응원이 아니었나 싶다.

　『소설을 쓰고 싶다면』은『올 댓 이즈』가 나온 지 1년 조금
더 된 가을에, 그리고 그가 사망하기 10여 개월 전에 미국 버
지니아대학교에서 세 차례에 걸쳐 강연한 내용을 묶은 것이
다. 여기에 1993년에 이루어진 〈파리리뷰〉의 제임스 설터 인터
뷰 내용을 더했다. 그러니까 이 작은 책은 문학과 삶에 대한
설터의 생각이 우리가 접할 수 있는 한에서는 마지막 육성으
로 담긴 소중한 책이다. 90세에 사망했으니 아까운 나이에 세
상을 떠났다고 할 수는 없겠지만, 바로 2년 전 인상적인 작품
『올 댓 이즈』를 냈고 10여 개월 전에 문학을 전공하는 학생들
을 대상으로 이처럼 멋진 강연을 한 건강했던 그를 생각하면
그의 죽음이 너무 황망하고 급작스러웠다는 생각이 든다.『소
설을 쓰고 싶다면』이 세상에 나왔을 때 설터는 이미 이 세상
사람이 아니었다. 그가 생애 마지막으로 쓴 이 살뜰한 강연집
의 원고 교정을 한 번이라도 보았을지 뜬금없이 궁금해진다.

　설터가 버지니아대학교에서 강연을 하게 된 것은 2014년 가
을 학기에 '캐프닉 저명 전속 작가'로 활동했기 때문이다. 버지
니아대학교에는 캐프닉 가문의 후원 아래 미국의 저명한 작가
를 대학으로 초빙하여 문학 활동을 지원하는 제도가 있는데,
거기에 적합한 작가로 대학에서 설터를 초빙한 것이었다.

　이 책에서 설터가 찬미하는 작가들, 예컨대 발자크, 플로베

르, 바벨, 드라이저, 셀린, 나보코프, 포크너, 솔 벨로 같은 작가들의 작품과 그들에 얽힌 일화를 듣는 것도 무척 재미있고 유익했지만, 나로서는 설터 자신의 문학관과 그의 작품에 얽힌 뒷얘기를 듣는 게 더 재미있었다. 설터는 소설은 삶에서 나오는 것이라고 생각했다. 삶을 예리하게 관찰하여 그것을 작가 자신의 목소리로 담아내는 것이 소설이라고 생각했다. 그래서 그는 소설을 허구를 뜻하는 픽션이라 부르는 것은 부적절하다고 말하며, 모든 것은 상상력에서 나온다고 주장하는 작가들을 무시한다. 설터에게는 본질적으로 진실인 이야기만이 중요했다. 당연히 그는 자신이 체험하지 않은 이야기는 소설로 만들어내지 않았다. 소설로 만들어내지 못했다.

이 점에서 나는 그가 1997년 세상에 내놓은 빼어난 자서전 『버닝 더 데이즈』에 대한 양가감정을 가지게 된다. 설터가 블라디미르 나보코프의 『말하라 기억이여』에 비견되는 훌륭한 자서전을 썼다는 사실이 기쁘기도 하지만, 한편으로는 설터 자신이 고백했듯이 그 자서전에 자신의 삶을 핍진하게 담아낸 탓에 소설화할 수 있는 수많은 소재를 탕진해버린 것이 애석한 것이다. 그는 한 출판사 편집자의 부추김으로 그 자서전을 쓰게 된 것은 잘못된 일이었다는 생각을 다음과 같이 밝힌다. "나는 지금 그것은 잘못된 부추김이었다고 생각한답니다. (…) 나는 내가 나중에 쓰게 될 다른 어떤 작품의 심리적·사실적 기반이 되는 나의 사적인 모든 것을 드러내고 싶지 않았습니다. 나는 오랫동안, 그러니까 50년 동안 축적된 모든 '재료'— 그중 많은 부분이 나 이외의 다른 사람들에 속하는 것이므로

'글감'이라고 말해야 할 것 같네요—를 단 한 권의 책에 낭비하고 싶지 않았던 것입니다. 하지만 몇 가지 이유로 나는 그걸 쓰기 시작했습니다." 다른 작가라면 이 말에 엄살이나 변명, 과장이 섞여 있다고 생각하겠지만, 설터를 어느 정도 이해하게 된 지금, 나는 이 말이 진실한 고백이라고 믿는다. 설터에게 소설이란 꾸며내는 것이 아니라 인생이 그 작품의 페이지로 스며드는 것이었으니까 말이다. 설터가 말년에 자신의 일기장을 바탕으로 써낸『올 댓 이즈』를 발표하기까지 그토록 오랫동안 소설을 쓰지 못한 이유를 나는 이해할 수 있을 것만 같다.

설터가 처음에 생각한『가벼운 나날』의 제목은 '네드라와 비리'였고,『올 댓 이즈』의 처음 제목은 '토다'였다는 사실과 같은 작품에 얽힌 에피소드를 듣는 것도 쏠쏠하게 재미있었다. 제목에 남자 주인공 비리 대신 여자 주인공 네드라를 앞세운 것은 여자가 항상 강하다는 그의 생각에서 비롯된 거란 것, '토다'는 빅토르 위고가 그의 오랜 정부로부터 자신의 많은 성행위를 감추려고 공책에 자기만의 부호로 기록한 암호에서 나온 것이고 그 단어를 위고는 '완전한 행위'에 사용했다는 것, 설터는 그 제목을 고수하려 했으나 출판사 측에서 그게 무슨 뜻인지 아무도 모르니 제목을 바꾸어야 한다고 해서 결국 '올 댓 이즈'라는 제목을 붙이게 되었다는 것 등과 같은 얘기는 그의 육성으로 이루어진 이 같은 책이 아니면 쉽게 만나볼 수 없는 내용이다.

디테일을 대단히 중시하는 작가답게 그는 무심코 얘기하는 사소한 부분에서도 독자를 매료시키곤 한다. 예컨대 〈그랜드스트리트〉라는 문학잡지를 창간한 벤 소넨버그를 한 중국 식당에서 만난 일을 회상하는 대목만 해도 그렇다. "나는 그를 디비전가의 한 식당에서 만났습니다. 날은 어두웠습니다. 은행들은 문을 닫았습니다. 중국인들이 차에서 내리고 있었습니다. 한 젊은이가 탁자에 앉아 있었는데, 탁자에는 몇 권의 책과 일본 맥주 네 병이 놓여 있었습니다." 생의 말년에도 오래전에 스쳐 지나간 인생의 한 장면을 뚜렷이 기억해내고 그것을 생생하게 언어로 되살려놓는 설터를 보노라면 "그는 원한다면 한 문장으로 당신의 가슴을 찢어놓을 수 있다"라고 말한 비평가 마이클 더다의 말에 수긍하고 싶어진다.

이 책의 '나가며'를 쓴 존 케이시는 서두에서 "만약 제임스 설터의 책을 한 권도 읽은 적이 없다면 이 강연집을 먼저 읽어봐야 하지 않을까?"라고 묻는다. 나는 굳이 이 책을 맨 먼저 읽어야 할 필요는 없다고 생각하지만, 아무튼 설터를 좀 더 제대로 알고자 하는 독자라면 이 책을 꼭 읽어봐야 하리라고 믿는다. 다소 난해해 보일 수도 있는 설터의 작품을 이해하는 데 많은 도움이 될 것이기 때문이다. 사실 설터의 작품을 읽지 않고 이 책만 읽는다 해도 한 올곧은 문학 지상주의자의 매력 넘치는 문학관을 즐겁게 엿볼 수 있다.

설터의 세 번째 강연의 마지막 문장은 『올 댓 이즈』의 제사로 끝난다. 이 글을 처음 보았을 때 문학에 대한 설터의 생각의 핵심이 담겨 있다고 느꼈다. 그런데 처음에는 명료해 보이던 이 문장이 곰곰 생각할수록 내가 온전히 깨닫기에는 너무 심오한 게 아닌가 하는 생각이 든다. 그럼에도 나는 이 문장으

로 '옮긴이의 말'을 끝내고자 한다. 쉬이 이해되지 않아도 가슴
에 품고 싶은 문장이 있지 않은가. 화두가 그런 것처럼.

"모든 건 꿈일 뿐, 글로 기록된 것만이 진짜일 거라는 생각
이 들 때가 있다."

2018년 늦가을
서창렬